# Die Frau im Mond

# Milena Agus

# Die Frau im Mond

ROMAN

Aus dem Italienischen
von Monika Köpfer

**Weltbild**

Die italienische Originalausgabe erschien 2006 unter dem Titel
*Mal di Pietre*
bei edizioni nottetempo, Rom.


Besuchen Sie uns im Internet:
*www.weltbild.de*


Genehmigte Lizenzausgabe für Verlagsgruppe Weltbild GmbH,
Steinerne Furt, 86167 Augsburg
Copyright der Originalausgabe © 2006 by nottetempo srl
Copyright der deutschsprachigen Ausgabe © 2007 by
Hoffmann und Campe Verlag, Hamburg
Übersetzung: Monika Köpfer
Umschlaggestaltung: Atelier Seidel – Verlagsgrafik, Teising
Umschlagmotiv: Plainpicture (© plainpicture/Millenium), Hamburg
Gesamtherstellung: Bagel Roto-Offset GmbH & Co. KG, Schleinitz
Printed in the EU
ISBN 978-3-8289-9296-2

2011   2010   2009   2008
Die letzte Jahreszahl gibt die aktuelle Lizenzausgabe an.

»Falls ich dich nie kennenlernen sollte,
lass mich wenigstens spüren, wie sehr
ich dich vermisse.«

# 1

Großmutter lernte den Reduce im Herbst 1950 kennen.
Zum ersten Mal in ihrem Leben betrat sie das italienische
Festland. Sie ging auf die vierzig zu und hatte noch immer
keine Kinder, weil die Nierensteine ihr in den ersten
Monaten jeder Schwangerschaft Fehlgeburten bescherten.
In einem sackartigen Mantel und mit hochhackigen
Schnürschuhen, in der Hand den Koffer ihres Mannes, mit
dem er Jahre zuvor als Evakuierter in ihr Dorf gekommen
war, wurde Großmutter auf die Reise zu den Thermen ge-
schickt. Dort sollte sie ihr Steinleiden kurieren.

# 2

Großmutter heiratete erst spät, im Juni 1943, kurz nachdem die Amerikaner Cagliari bombardiert hatten. Eine Frau, die damals mit dreißig Jahren noch nicht unter der Haube war, wurde praktisch als alte Jungfer angesehen. Nicht dass Großmutter hässlich gewesen wäre oder es ihr an Verehrern gemangelt hätte, keineswegs. Es war nur so, dass die Bewerber sie jeweils ab einem gewissen Punkt seltener besuchten, bis sie schließlich ganz ausblieben, ohne bei meinem Urgroßvater um ihre Hand angehalten zu haben.

»Liebes Fräulein, aufgrund von höherer Gewalt kann ich leider nächsten Mittwoch nicht zu Besuch kommen, was ich zutiefst bedaure, doch es ist mir unmöglich.«

Also erwartete Großmutter den Verehrer am übernächsten Mittwoch, doch stattdessen kam jedes Mal ein kleines Mädchen, um einen Brief zu überbringen, in dem der angekündigte Besuch abermals verschoben wurde, bis schließlich auch die Briefe ausblieben.

Mein Urgroßvater und seine Schwestern hatten Großmutter sehr gern, auch wenn sie ihnen schon etwas altjüngferlich erschien. Meine Urgroßmutter hingegen behandelte sie so hart und streng, als wäre sie nicht ihr eigen Blut.

Am Sonntag, wenn die anderen Mädchen den Gottesdienst besuchten oder mit ihren Verlobten Arm in Arm auf der Allee flanierten, schlang Großmutter sich die Haare zu einem schweren Knoten – sie hatte noch dichtes schwarzes Haar, als sie schon eine alte Frau und ich ein kleines Mädchen war; wie mochte es erst früher gewesen sein? – und ging in die Kirche, um Gott zu fragen, warum er nur so ungerecht sei und es ihr verwehre, die Liebe kennenzulernen. Die Liebe sei doch die herrlichste Sache der Welt, die einzige, die es wert sei, ein Leben zu führen, bei dem man früh um vier aufsteht, um die Hausarbeit zu verrichten, dann aufs Feld geht und später in die Stickschule – die langweiligste Sache der Welt –, dann mit dem Krug auf dem Kopf am Brunnen Trinkwasser holt, und bei dem man alle zehn Tage die ganze Nacht aufbleibt und Brot backt, um am Morgen wieder den Wassereimer aus dem Brunnen zu ziehen und die Hühner zu füttern. Wenn Gott nicht bereit sei, sie mit der Liebe bekannt zu machen, solle er sie eben sterben lassen, auf welche Weise auch immer.

Der Priester, der ihr die Beichte abnahm, sagte, dass solche Gedanken eine große Sünde seien und dass es auf der Welt unzählige andere Dinge als die Liebe gebe, aber diese anderen Dinge konnten Großmutter gestohlen bleiben.

Eines Tages erwartete meine Urgroßmutter sie mit der Handpumpe, mit der sie immer den Hof besprengten, und schlug mit dem Gerät auf sie ein, bis Großmutters Kopf mit Wunden übersät war, woraufhin sie hohes Fieber bekam. Meiner Urgroßmutter war zu Ohren gekommen, was man sich im Dorf erzählte: Der Grund dafür, dass die Bewerber nach einer gewissen Zeit fernblieben, sei der, dass Großmutter ihnen feurige Liebesgedichte schreibe, die nicht ganz frei von anzüglichen Anspielungen seien. Damit besudelte Großmutter nach Ansicht ihrer Mutter nicht nur sich selbst, sondern den Ruf der ganzen Familie. Während sie auf ihre Tochter eindrosch, brüllte sie: »Dimonia! Dimonia! Du Teufelin!«, und sie verfluchte den Tag, an dem sie Großmutter in die Grundschule geschickt hatten, wo sie lesen und schreiben gelernt hatte.

# 3

Im Mai 1943 kam mein Großvater ins Dorf. Er war jenseits der vierzig und Angestellter in der Saline von Cagliari. In der Via Giuseppe Manno hatte er ein schönes Haus besessen, unmittelbar neben der Kirche San Giorgio e Santa Caterina gelegen; von dort aus hatte man eine wunderbare Aussicht über die Dächer der Marina bis hin zum Meer. Nach dem Bombardement, das am 13. Mai stattfand, blieb weder von der Kirche noch von diesem Haus, noch von allen anderen Gebäuden in der Nachbarschaft etwas übrig – bis auf einen riesigen Trümmerhaufen.

13

Die Familie meiner Großmutter nahm diesen anständigen Herrn bereitwillig auf, der, für damalige Verhältnisse nicht mehr der Jüngste und obendrein Witwer, vom Kriegsdienst befreit war. Mit jenem geliehenen Koffer also, den er mit ein paar aus den Trümmern geretteten Habseligkeiten gefüllt hatte, kam er im Dorf meiner Großmutter an. Es verstand sich von selbst, dass er unentgeltlich im Haus wohnen durfte und verköstigt wurde.

Bereits im Juni hielt er um Großmutters Hand an. In jenem Monat vor der Hochzeit weinte sie den lieben langen Tag. In ihrer Verzweiflung fiel sie vor meinem Urgroßvater auf die Knie und beschwor ihn, Nein zu sagen, unter dem Vorwand, dass sie bereits einem anderen versprochen sei, der in den Krieg gezogen sei. Falls man sie im Haus partout nicht mehr haben wolle, sei sie zu allem bereit, etwa nach Cagliari zu gehen und sich dort Arbeit zu suchen.

»Die Leute kommen aus Cagliari hierher, Kind«, sagte mein Urgroßvater, »und du willst in die Stadt ziehen! Dort gibt es nichts mehr zu tun, was willst du denn machen?«

»Sie ist verrückt«, schrie meine Urgroßmutter, »vollkommen verrückt! Will doch tatsächlich in die Stadt gehen und dort als Hure arbeiten, denn etwas anderes kann sie sowieso nicht! Sie hat von nichts eine Ahnung, aber den Kopf voller Flausen, und das war schon so, als sie noch ein kleines Mädchen war!«

Es wäre ein Leichtes gewesen, einen Verlobten zu erfinden, der irgendwo an der Front war: in den Alpen, in Libyen, Albanien, im Ägäischen Meer oder auch bei der Regia Marina, der Königlichen Italienischen Marine. Ein Kinderspiel wäre es gewesen, aber meine Urgroßeltern wollten nichts davon wissen.

Also sagte Großmutter ihrem zukünftigen Ehemann, dass sie ihn nicht liebe und ihm niemals eine richtige Frau sein könne. Großvater versicherte ihr, dass sie sich keine Sorgen machen müsse – auch er liebe sie nicht. Somit wussten beide, woran sie waren. Und was die Sache mit der richtigen Frau anbelangte, hatte er ebenfalls vollstes Verständnis. Er würde eben weiter das Bordell im Hafenviertel von Cagliari besuchen, so wie er es schon immer getan hatte, seit er ein junger Mann war, ohne sich dabei jemals eine Krankheit zugezogen zu haben. Aber nach Cagliari kehrte er mit Großmutter, seiner Frau, bis 1945 nicht zurück.

Also schliefen die Großeltern wie Bruder und Schwester im Gästezimmer, das reich ausgestattet war: ein großes, hohes schmiedeeisernes Bett mit Intarsienarbeiten aus Perlmutt, darüber an der Wand ein Bild mit der Madonna und dem Kind, auf der Kommode eine Kaminuhr unter einer Glasglocke, ein Waschtisch mit Schüssel und Krug, ein Spiegel, den eine gemalte Blume zierte, und unter dem Bett ein Nachttopf aus Porzellan.
Die gesamte Einrichtung sollte Großmutter später übernehmen, als das Haus im Dorf verkauft wurde und sie in Cagliari mit Großvater aus der Via Sulis in die Via Manno umzog; dort wollte sie genau das gleiche Schlafzimmer haben, das sie im ersten Jahr ihrer Ehe mit ihrem Mann geteilt hatte. Doch während die Räume in dem Haus im Dorf nur spärliches Licht bekamen, gedämpft durch die *lolla*, den Laubengang, dringt hier in der Via Manno das südliche Meereslicht ungehindert in die Zimmer, taucht sie bis zum Sonnenuntergang in Helligkeit und verleiht sämtlichen Gegenständen einen strahlenden Glanz. Wie habe ich

dieses Schlafzimmer als kleines Mädchen geliebt! Aber Großmutter ließ es mich nur betreten, wenn ich brav gewesen war, und nie öfter als einmal am Tag.

Im ersten Jahr ihrer Ehe erkrankte Großmutter an Malaria. Das Fieber stieg auf einundvierzig Grad. Großvater ließ es sich nicht nehmen, sie zu pflegen, Stunde um Stunde an ihrem Bett zu sitzen und dafür zu sorgen, dass das Tuch auf ihrer Stirn nie warm wurde – und die Stirn meiner Großmutter war kochend heiß, sodass man den Stoff immer wieder in eiskaltes Wasser tauchen musste. Ständig lief Großvater hin und her. Tag und Nacht hörte man den Flaschenzug des Brunnens draußen im Hof quietschen.

An einem jener Tage, es war der 8. September 1943, erzählten sie ihm, was soeben im Radio berichtet worden war: Zwischen den Alliierten und Italien sei der Waffenstillstand ausgerufen worden und der Krieg somit beendet. Großvater erwiderte, der Krieg sei keineswegs zu Ende, man könne nur hoffen, dass der italienische General Basso die Deutschen aus Sardinien abziehen lasse, ohne sich in unnütze Heldentaten zu stürzen. Basso stellte sich den Nazis zum Glück nicht in den Weg, und so räumten die dreißigtausend Männer der 90. Panzergrenadierdivision unter Generalleutnant Freiherr von Lungershausen ohne weiteres Gemetzel die Insel; zwar wurde der Deutsche später vor ein Ehrengericht gestellt und zu Festungshaft verurteilt, doch die Sarden waren noch einmal davongekommen. Anders als die Menschen auf dem Festland. Wie recht Großvater hatte, erfuhr man, als Radio London von den Protesten Badoglios gegen die Deutschen berichtete, die die gefangen genommenen italienischen Soldaten und Offiziere massakrierten.

Als Großmutter wieder gesund war, sagte man ihr, sie habe es nur Großvater zu verdanken, dass das Fieber sie nicht aufgezehrt hätte, und man erzählte ihr, dass es inzwischen einen Waffenstillstand gegeben habe und Italien ein neues Bündnis eingegangen sei. Sie tat diese Neuigkeiten mit einem Schulterzucken ab, was so viel heißen sollte wie: »Was geht mich das an?« Doch für diese Gehässigkeit sollte sie sich später schämen.

In dem hohen, breiten Ehebett verkroch sich Großmutter an den äußersten Rand, so weit wie möglich entfernt von ihm, sodass sie häufig herausfiel. Wenn bei Vollmond Licht durch die Läden der Türen drang, die zum Laubengang führten, und den Rücken ihres Mannes beschien, fürchtete sie sich nahezu vor diesem seltsamen Fremden, von dem sie nicht einmal wusste, ob er schön war oder nicht, sah sie ihn doch genauso selten an wie er sie. Erst wenn sie sicher sein konnte, dass Großvater tief und fest schlief, wagte sie es, aus dem Bett zu steigen und Pipi in den Nachttopf zu machen, doch bei der geringsten Bewegung, die sie aus dem Augenwinkel wahrnahm, legte sie sich den Schal um die Schultern, huschte aus dem Zimmer und lief auch bei Wind und Regen über den Hof zu dem Abort, der sich jenseits des Brunnens befand.
Im Übrigen versuchte Großvater nie, sich ihr zu nähern. Auch er zog sich, korpulent wie er war, so weit an den Rand des Bettes zurück, dass er ebenfalls hin und wieder herausfiel, und so waren beide stets mit blauen Flecken

übersät. Wenn sie allein waren, also im Schlafzimmer, denn sonst war man nirgendwo im Haus allein, sprachen sie kein Wort miteinander. Das heißt, Großmutter sagte vor dem Einschlafen immer ein Gebet auf, Großvater jedoch nicht, denn er war Atheist und Kommunist, dann murmelte einer von beiden: »Habt eine gute Nacht«, und der andere antwortete: »Habt ebenfalls eine gute Nacht.«

Meine Urgroßmutter verlangte, dass ihre Tochter meinem Großvater den Kaffee ans Bett brachte. Besser gesagt, den Kaffee, den man damals hatte – einen Muckefuck aus Kichererbsen und Gerste, die man im Rauchfang auf einer eigens darin angebrachten Vorrichtung röstete und anschließend mahlte. »Bring deinem Gemahl den Kaffee«, sagte Urgroßmutter, woraufhin Großmutter das mit Blumen bemalte Glastablett nahm und das violette und mit üppigem Goldrand versehene Tässchen daraufstellte, um es ins Schlafzimmer zu tragen; rasch platzierte sie das Tablett am Fuß des Bettes, um dann fluchtartig das Zimmer zu verlassen, so als hätte sie einem zähnefletschenden Hund den Futternapf hingeschoben, und auch das sollte sie sich ihr ganzes Leben lang nicht verzeihen.

Großvater half bei der Feldarbeit und machte sich gut dabei, auch wenn er ein Städter war und sein bisheriges Leben mit Lernen und Büroarbeit zugebracht hatte. Häufig übernahm er auch Aufgaben, die eigentlich seiner Frau oblagen. Großmutter hatte in immer kürzeren Abständen Nierenkoliken, und er war entsetzt darüber, dass eine Frau derart schwere Arbeiten auf dem Feld verrichten oder den bis zum Rand gefüllten Wasserkrug auf dem Kopf vom

Brunnen ins Haus schaffen musste, auch wenn er solche Dinge aus Respekt vor der Familie, die ihn so gastfreundlich aufgenommen hatte, nur allgemein zur Sprache brachte, sozusagen als Kritik an der sardischen Gesellschaft im Inselinneren. In Cagliari war es eben anders als auf dem Dorf, dort nahm man einem nicht alles, was man sagte, übel und witterte auch nicht überall nur Schlechtes. Vielleicht war es die Meeresluft, welche die Menschen dort freiheitlicher sein ließ, zumindest in gewissen Dingen, wozu die Politik nicht zählte, denn die Cagliaritani waren bürgerlich eingestellt und hatten keine Lust, für irgendetwas zu kämpfen.

In der restlichen Zeit hörte er, im Gegensatz zu Großmutter, der die Welt da draußen reichlich egal war, am liebsten Radio London. Im späten Frühjahr 1944 erfuhr man, dass im Süden Italiens sechs Millionen Menschen streikten, dass in Rom 32 Deutsche erschossen worden waren, woraufhin die Nazis als Vergeltungsmaßnahme bei einer Razzia 320 Italiener hinrichteten, des Weiteren, dass sich die VIII. Armee für eine neue Offensive rüstete und dass in den frühen Morgenstunden des 6. Juni die Alliierten in der Normandie gelandet waren.

# 4

Im November 1944 verkündete Radio London, dass die Kampfhandlungen an der italienischen Front bis auf Weiteres eingestellt würden. Den Partisanen von Oberitalien wurde empfohlen, abzuwarten und die Energie auf Sabotageakte zu verwenden.

Großvater meinte, dass der Krieg weitergehe und er nicht bis in alle Ewigkeit den Gast spielen könne, und so zogen sie bald darauf nach Cagliari.

Sie wohnten in der Via Sulis in einem möblierten Zimmer, das auf einen Lichtschacht hinausging. Das Bad und die Küche teilten sie mit weiteren Familien. Ohne gefragt worden zu sein, erzählten die Nachbarinnen Großmutter, was der Familie ihres Mannes an jenem 13. Mai 1943 zugestoßen war.

Außer ihm waren an dem unglückseligen Nachmittag schon alle zu Hause gewesen, denn es war sein Geburtstag, und sie warteten auf ihn, um mit ihm zu feiern. Seine unterkühlte, ziemlich unansehnliche Frau, die allen und jedem misstraute, hatte ausgerechnet an jenem Tag mitten im Krieg eine Torte gebacken und die ganze Familie eingeladen. Gott weiß, wie lange sie gebraucht hatte, um die Zutaten auf dem Schwarzmarkt in Cagliari zu kaufen, wo man den Zucker grammweise erstehen musste, die Arme, ach, die ganze arme Familie! Keiner wusste zu sagen, wie es dazu kommen konnte, dass sie das Haus nicht verließen, um in den Luftschutzbunker im Stadtpark zu flüchten, als der Bombenalarm losging. So absurd es auch klingen mag: Wahrscheinlich war der Tortenboden gerade im Backofen und noch nicht zu Ende gebacken, als die Sirenen losheulten, oder der Teig war noch nicht ganz aufgegangen, jedenfalls wollte man sie nicht zurücklassen, die wunderbare Torte in der toten Stadt.

Das einzig Gute war, dass sie keine Kinder hatten, sagten die Nachbarinnen – eine Ehefrau, eine Mutter, die Schwestern, Schwager, Nichten und Neffen vergaß man mit der Zeit, und Großvater hatte sie schnell vergessen, man musste sich nur die zweite Frau ansehen, die jung und schön war, dann wurde einem klar, dass es ihm nicht schwergefallen sein konnte. Immer war er ein lebenslustiger Mann gewesen, heißblütig, ein Schürzenjäger. 1924, als er noch ein Junge war, hatten die Faschisten ihn gezwungen, Rizinusöl zu trinken, um ihm zu zeigen, wo's langging, doch er hatte sich stets darüber lustig gemacht, und es schien fast so, als ob ihn nichts umbringen könnte. Nicht gerade ein Kostverächter, was das Essen und den Wein betraf, war er auch in den *case chiuse*, den Bordellen, ein oft gesehener Gast, was seine erste Frau im Übrigen wusste, die Arme, und wer weiß, wie sie darunter litt, eine Frau wie sie, die an allem und jedem Anstoß nahm; bestimmt ließ sie es niemals zu, dass ihr Mann sie nackt sah, auch wenn es da wohl nicht besonders viel zu sehen gab, meinten die Nachbarinnen; man musste sich fragen, was die beiden so machten, wenn sie allein waren.

Großmutter hingegen war da eine ganz andere Frau, ein richtiges Weibsbild, so wie er es sich bestimmt immer erträumt hatte, mit ihren vollen, festen Brüsten, den üppigen schwarzen Haaren und großen Augen, noch dazu war sie eine Seele von Mensch. Man konnte sich ja ausmalen, meinten die Nachbarinnen, welche Leidenschaft zwischen den Eheleuten herrschte und dass es wie ein Blitz zwischen ihnen eingeschlagen haben musste, wenn man bedachte, dass sie innerhalb eines Monats geheiratet hatten. Schade nur, dass sie unter diesen furchtbaren Nierenkoliken litt, die Arme, sie wünschten ihr jedenfalls alles Gute und hofften, dass sie auch außerhalb der vereinbarten Zeiten in die Küche kam, sofern sie sich gut genug fühlte, es machte ganz und gar nichts, wenn die anderen schon alles aufgeräumt und sauber gemacht hatten!

Zwischen Großmutter und den Nachbarinnen in der Via Sulis entstand eine Freundschaft, die ihr ganzes Leben lang halten sollte. Nie fiel ein böses Wort zwischen ihnen, allerdings unterhielten sie sich ja auch nie wirklich, sondern leisteten einander einfach nur Gesellschaft, Tag für Tag, wie es sich eben so ergab. Damals in der Via Sulis trafen sie sich immer in der Küche, um gemeinsam abzuspülen – die eine seifte das Geschirr ein, die andere spülte es, die Dritte trocknete ab. Und wenn es Großmutter wieder einmal schlecht ging, dann erledigten sie auch den Abwasch für sie, *mischinedda*, die Arme.

Mit den fünf Nachbarinnen und deren Männern erlebte Großmutter die letzte Phase des Krieges. In der eiskalten Küche in der Via Sulis saßen sie da, hatten zwei, drei Paar Strümpfe übereinandergezogen, steckten die Hände unter die Achseln, um sich zu wärmen, und lauschten Radio London.

Die Männer, allesamt Kommunisten, drückten den Russen die Daumen, die am 17. Januar 1945 Warschau besetzten und am 28. Januar hundertfünfzig Kilometer vor Berlin standen, während die Alliierten am 1. März Köln eroberten und es, wie Churchill meinte, nur noch eine Frage der Zeit war, bis ihnen der Durchbruch gelang und die Nazis kapitulierten. Ende März überquerten Patton und Montgomery den Rhein und schlugen die Deutschen vernichtend.

Am 13. Mai, Großvaters Geburtstag, war der Krieg aus, und alle waren glücklich, nur Großmutter konnte mit all den Nachrichten der vergangenen Zeit – über Vorstöße und Rückzüge und Siege und Niederlagen – nichts anfangen. In der Stadt gab es kein Wasser, keine Abwasserkanäle, kein elektrisches Licht, nicht einmal zu essen gab es, wenn man von diesen amerikanischen Fertigsuppen absah, und das bisschen, was zu kriegen war, war um dreihundert Prozent überteuert. Wenn sich die Nachbarinnen zum Abspülen in der Küche trafen, lachten sie dennoch über die kleinste Kleinigkeit, und auch wenn sie in ihren abgetragenen Kleidern zum Gottesdienst in eine der drei Kirchen – Sant' Antonio, Santa Rosalia oder die Kirche der Kapuziner – gingen, drei vorn, drei hinten, lachten sie. Großmutter sprach selten etwas, aber auch sie war immer mit von der Partie, und die Tage vergingen wie im Flug. Es gefiel ihr, dass die Frauen in Cagliari nicht alles so ernst nahmen wie die Frauen auf dem Dorf, und wenn etwas nicht so lief, wie sie es sich vorstellten, sagten sie bloß: »*Ma bbai* – was soll's?« Wenn beispielsweise ein Teller zu Boden fiel und zu Bruch ging, zuckten sie die Achseln, obwohl sie wirklich arm waren, und lasen die Scherben einfach auf. Im Grunde genommen waren sie zufrieden – arm zu sein war jedenfalls besser, als auf Kosten anderer zu Reichtum zu kommen, so wie jene, die in Cagliari auf dem Schwarzmarkt handelten oder in den Trümmern wühlten, ehe die armen Bewohner zurückkamen und nach ihrem Hab und Gut suchten. Letztendlich hatten sie überlebt – das war das Entscheidende. Großmutter glaubte, es war dem Meer und dem blauen Himmel zuzuschreiben, dass die Menschen in Cagliari bessere Laune hatten, dem grenzenlosen Blick, der sich von der Bastion oben auf dem Hügel bot, und dem Mistral – alles war so unendlich, dass man sich gar nicht erst bei seinem eigenen kleinen Leben aufhalten konnte.

25

Aber diese Gedanken – man könnte sie fast poetisch nennen – behielt sie stets für sich, denn sie hatte furchtbare Angst, auch die Leute in ihrer neuen Umgebung könnten entdecken, dass sie verrückt war. Stattdessen schrieb sie alles in ihr kleines schwarzes Notizheft mit dem roten Rand, das sie anschließend in der Truhe verschloss. Zusammen mit anderen Dingen, die nur für ihre Augen bestimmt waren, bewahrte sie darin auch drei beschriftete Umschläge mit Geld auf: für »Miete«, »Essen« und »Medizin«.

# 5

Eines Abends ging Großvater zu dem Koffer, mit dem er als Evakuierter ins Dorf gekommen war, nahm seine Pfeife heraus, setzte sich in den zerschlissenen Sessel beim Lichtschacht, zog aus der Jackentasche ein neu erworbenes Säckchen Tabak und zündete sich zum ersten Mal seit jenem Mai 1943 wieder eine Pfeife an.

Großmutter setzte sich auf die Bank und betrachtete ihn eine Weile schweigend.

»So, Ihr raucht also Pfeife. Ich habe noch nie jemanden Pfeife rauchen sehen.«

Wieder schwiegen beide.

Als Großvater zu Ende geraucht hatte, sagte sie: »Ihr dürft von nun an für die Frauen der *casa chiusa* kein Geld mehr ausgeben. Spart das Geld und kauft Euch dafür Tabak, damit Ihr Euch entspannen und in Ruhe Eure Pfeife genießen könnt. Ihr müsst mir nur erklären, was Ihr mit diesen Frauen macht, dann kann ich das in Zukunft übernehmen.«

# 6

Zu jener Zeit in der Via Sulis waren Großmutters Nierenkoliken so schlimm geworden, dass man um ihr Leben
fürchten musste. Sicherlich lag es an diesem Steinleiden,
dass sie auch jetzt kein Kind bekam, da man etwas mehr
Geld in der Tasche hatte.

Sie unternahmen Spaziergänge in die Via Manno, um das
klaffende Loch in Augenschein zu nehmen, wo sie hofften,
bald ein neues Haus errichten zu können. Das war ein
Grund mehr, zu sparen. Wenn sie wieder einmal schwanger war, gefiel es Großvater ganz besonders, sich den

Krater anzuschauen, den die Bombe hinterlassen hatte, doch jedes Mal führten die vielen Steine in Großmutters Bauch dazu, dass aus der Freude Schmerz wurde und alles voller Blut war.

Bis 1947 dauerte die Hungersnot an. Großmutter erinnerte sich gern, wie glücklich sie war, wenn sie ihr Dorf aufsuchte, von wo sie immer reich beladen zurückkam; ausgelassen sprang sie dann die Treppe hinauf und in die Küche, in der stets Kohlgeruch hing, denn durch den Lichtschacht drang kaum frische Luft herein. Sie legte zwei frisch gebackene *civràxiu* – sardische Brote – und hausgemachte Nudeln und Käse und Eier und ein Suppenhuhn auf den Marmortisch, bis die herrlichsten Düfte den Kohlgeruch überdeckten und die Nachbarinnen sie hochleben ließen und ihr sagten, wie schön sie sei, weil sie eine gute Frau sei.

In jenen Tagen war sie glücklich, obwohl sie noch immer nicht die Liebe kennengelernt hatte. Sie war glücklich über all die Dinge, die die Welt ihr bot, auch wenn Großvater sie nie anfasste, bis auf jene Male, da sie die Leistungen der *casa chiusa* erbrachte. Ansonsten schliefen sie an den gegenüberliegenden Rändern des Bettes, jeder darauf bedacht, den anderen nicht zu berühren. Wie bisher sprachen sie nichts, außer:

»Habt eine gute Nacht.«

»Habt ebenfalls eine gute Nacht.«

Die schönsten Momente für Großmutter waren, wenn Großvater sich nach ihren erbrachten Leistungen im Bett eine Pfeife anzündete und sie unschwer an seiner Miene erkennen konnte, wie zufrieden er war. Wenn sie ihn von ihrem Matratzenrand aus betrachtete und lächelte, fragte er: »Lacht Ihr mich aus?«

Aber niemals fügte er etwas hinzu oder zog sie liebevoll an sich, stets wahrte er den üblichen Abstand. Und jedes Mal sagte sich Großmutter dann, wie seltsam es doch mit der Liebe war: Wenn sie sich nicht einstellen wollte, dann kam sie auch nicht im Bett, selbst dann nicht, wenn man noch so freundlich zueinander war und sich Gutes tat; es war wirklich seltsam, dass sich ausgerechnet die wichtigste Sache der Welt nicht herbeizwingen ließ.

# 7

Im Jahr 1950 verordneten die Ärzte ihr eine Thermalkur. Sie rieten ihr, aufs Festland zu gehen, in jene berühmte Therme, wo schon so viele Menschen geheilt worden waren. Also zog sich Großmutter wieder den grauen, sackartigen Mantel mit den drei Knöpfen über, den sie auf ihrer Hochzeit getragen hatte und den ich von den wenigen Fotos her kenne, die aus jener Zeit stammen. Sie hatte zwei Blusen bestickt und packte sie zusammen mit den anderen Sachen in den Koffer, mit dem Großvater als Evakuierter ins Dorf gekommen war. Dann bestieg sie das Schiff nach Civitavecchia.

Der Ort, wo sich die Therme befand, war alles andere als schön. Die Sonne ließ sich nicht blicken, und aus dem Bus, der sie vom Bahnhof zum Hotel brachte, sah man nichts anderes als kahle erdfarbene Hügel, auf denen hie und da gespenstisch wirkende Bäume standen, von trockenen Grasbüscheln umgeben. Die Menschen im Bus wirkten krank, weil sie keine Farbe im Gesicht hatten. Als schließlich die Hotels in Sicht kamen, bat Großmutter den Busfahrer, ihr Bescheid zu sagen, wenn sie ihre Haltestelle erreichten.

Eine Weile stand sie unschlüssig vor dem Eingang ihres Hotels und überlegte sich, ob sie nicht besser wieder von diesem Ort fliehen sollte. Unter dem wolkenverhangenen Himmel wirkte alles so düster, dass es ihr vorkam, als befände sie sich bereits im Jenseits, denn so konnte nur der Tod sein. Das Hotel sah sehr elegant aus mit seinen Kristalllüstern, die alle brannten, obwohl es erst früher Nachmittag war.

Auf ihrem Zimmer angekommen, bemerkte sie als Erstes den Schreibtisch vor dem Fenster, und womöglich war es nur ihm zu verdanken, dass sie nicht die Flucht ergriff und zum Bahnhof zurückkehrte, wieder das Schiff bestieg und schleunigst nach Hause fuhr, auch wenn Großvater bestimmt wütend geworden wäre, und zwar zu Recht. Sie hatte noch nie einen Schreibtisch besessen, sie hatte sich bisher zum Schreiben nicht einmal an einen Tisch setzen können, denn sie schrieb immer nur im Verborgenen, das Heft auf dem Schoß, um es schnell in den Falten ihres Rocks verschwinden zu lassen, sobald sie jemanden kommen hörte.

Auf dem Schreibtisch befanden sich eine Ledermappe, in der zahlreiche Blätter mit dem Briefkopf des Hotels lagen, ein Fläschchen mit Tinte, eine Schreibfeder und Fließpapier. Also nahm Großmutter, noch ehe sie sich des Mantels entledigte, ihr Notizheft aus dem Koffer, legte es feierlich in die Ledermappe und rückte diese mitten auf den Schreibtisch. Dann schloss sie die Tür ab, weil sie Angst hatte, dass unversehens jemand hereinkommen und lesen könnte, was in ihrem Heft geschrieben stand. Schließlich setzte sie sich auf das breite Ehebett, um zu warten, bis es Zeit für das Abendessen war.

Der Salon verfügte über eine Vielzahl kleiner quadratischer Tische mit Tüchern aus feinstem flandrischen Leinen, die mit weißem Porzellan, funkelnden Kristallgläsern und glänzendem Silberbesteck gedeckt waren. In der Mitte eines jeden Tisches stand eine Vase mit Blumen, und darüber hing jeweils ein Kristallleuchter, an dem sämtliche Lichter brannten. Einige Tische waren bereits besetzt. Blass, wie sie waren, und mit ihren gedämpften Stimmen kamen ihr die Menschen wie arme Seelen aus dem Fegefeuer vor. Viele Plätze waren noch frei. Großmutter steuerte einen leeren Tisch an. Ehe sie sich setzte, legte sie auf einen der drei übrigen Stühle ihre Tasche, hängte über die Armlehne des zweiten ihren Mantel und über die des dritten Stuhls ihre Wolljacke. Wann immer jemand vorbeiging, hielt sie den Kopf gesenkt, in der Hoffnung, dass niemand auf die Idee kam, sich zu ihr zu setzen.
Ihr stand weder der Sinn nach Essen noch danach, geheilt zu werden, denn aus irgendeinem Grund war sie überzeugt, dass sie sowieso nicht gesund werden und niemals

Kinder haben würde. Normale Frauen hatten Kinder, fröhliche Frauen ohne schlechte Gedanken, Frauen wie ihre Nachbarinnen in der Via Sulis. Sobald sich die Embryos darüber klar wurden, dass sie sich im Bauch einer Verrückten befanden, ergriffen sie die Flucht, so wie es all die Verlobten getan hatten.

Ein Mann mit einem Koffer betrat den Saal, er musste gerade erst angekommen sein und konnte noch nicht einmal sein Zimmer gesehen haben. Er stützte sich auf eine Krücke, bewegte sich aber dennoch flink und behände vorwärts. Dieser Mann gefiel Großmutter besser, als ihr je einer der Bewerber gefallen hatte, denen sie feurige Gedichte geschrieben und auf die sie Mittwoch für Mittwoch gewartet hatte. Mit einem Mal wusste sie sicher, dass sie sich nicht bei den armen Seelen des Fegefeuers im Jenseits befand, denn solche Dinge passieren im Jenseits nicht.

Der Reduce, der Kriegsheimkehrer, wie sie ihn für sich nannte, hatte einen armseligen Koffer, war jedoch vornehm gekleidet und trotz seines Holzbeins und der Krücke ein sehr schöner Mann. Kaum war Großmutter nach dem Abendessen auf ihr Zimmer zurückgekehrt, setzte sie sich an den Schreibtisch, um ihn in allen Einzelheiten zu beschreiben, damit sie ihn nicht vergaß, falls sie ihn im Hotel nicht wiedersehen sollte. Er war groß, hatte dunkle, tiefgründige Augen und einen weichen Teint, einen schlanken Hals, lange, starke Arme und große Hände, die ein wenig unbeholfen wirkten wie die eines Kindes; seine Lippen waren voll und unter dem kurzen, leicht gekräuselten Bart gut zu erkennen, die Nase war ein wenig gebogen.

In den folgenden Tagen beobachtete sie ihn an seinem

Tisch im Speisesaal oder wenn er auf der Veranda saß, um seine filterlosen Zigaretten der Marke Nazionali zu rauchen oder zu lesen, während sie ihre Servietten bestickte, eine Beschäftigung, die sie zu Tode langweilte. Sie rückte ihren Stuhl stets so hin, dass sie schräg hinter dem Reduce saß, um von ihm nicht gesehen zu werden, während sie vollkommen verzaubert die Linie seiner Stirn betrachtete, die scharfe Kontur seiner Nase, seinen Hals, so zart und verletzlich, die dichten Haare, in die sich erste graue Fäden mischten, seine beunruhigende Magerkeit in dem makellos weißen, gestärkten Hemd mit den hochgekrempelten Ärmeln, die starken Arme und die unschuldigen Hände, das steife Bein, das unter dem Stoff der Hose verborgen war, die Schuhe, die zwar alt, aber dennoch auf Hochglanz poliert waren – sie hätte weinen können über die Würde, die dieser versehrte Körper ausstrahlte, der trotz allem unerklärlich stark und schön war.

Da entdeckte sie, dass es auch an diesem Ort sonnige Tage gab, an denen die Welt ganz anders aussah, die Kastanienbäume in goldenen Glanz getaucht waren, der Himmel blau und die Veranda, wo der Reduce rauchte oder las und Großmutter so tat, als widmete sie sich ihrer Stickarbeit, von Licht durchflutet war.

Von Zeit zu Zeit erhob er sich, um zum Fenster zu gehen und gedankenverloren die Hügel draußen zu betrachten, und jedes Mal, wenn er sich umdrehte, um sich wieder in seinen Sessel zu setzen, sah er sie an und schenkte ihr ein flüssiges Lächeln, das meiner Großmutter fast wehtat, so sehr gefiel es ihr, und sie floss über vor Gefühlen, die sie den ganzen Tag erfüllten.

Eines Abends kam der Reduce an Großmutters Tisch vorbei und schien unschlüssig, wohin er sich setzen sollte. Da zog sie den Mantel von der Armlehne und nahm die Tasche weg, um ihm neben sich Platz zu machen, und er ließ sich nieder, und sie blickten einander in die Augen und lächelten sich an, und keiner von beiden rührte an diesem Abend sein Essen oder die Getränke an.

Es stellte sich heraus, dass der Reduce das gleiche Leiden hatte wie sie: Auch seine Nieren waren voller Steine. Er hatte den Krieg mitgemacht, vom Anfang bis zum Ende. Als Junge hatte er die Romane von Salgari gelesen und sich später freiwillig zur Marine gemeldet. Das Meer und die Literatur gefielen ihm gleichermaßen, vor allem aber Gedichte hatten es ihm angetan und ihn in den schlimmsten Momenten aufrechterhalten. Nach dem Krieg hatte er sein Studium beendet und war erst vor Kurzem von Genua nach Mailand umgezogen, wo er Italienisch unterrichtete und sich dabei größte Mühe gab, seine Schüler nicht zu langweilen. Er wohnte dort im Zwischengeschoss einer *casa di ringhiera*, eines alten Mietshauses, das von Balkongängen mit schmiedeeisernen Geländern umgeben war, in zwei Zimmern, die ganz in Weiß gehalten waren und in denen ihn nichts an die Vergangenheit erinnerte.

Seit 1939 war er verheiratet. Er hatte eine Tochter, die in die erste Klasse ging, wo sie nicht nur das italienische Alphabet lernte, sondern auch das Zeichnen von Zierornamenten, die damals üblich waren und die wie griechische Buchstaben aussehen, so ähnlich wie die Muster, mit denen Großmutter ihre Servietten bestickte, nur dass die Kleine damit die karierten Seiten ihrer Schulhefte einrahmte. Die Tochter des Reduce liebte die Schule, den Geruch der Bücher und der Hefte. Auch den Regen mochte sie, besonders die Regenschirme hatten es ihr angetan. Ihr Vater hatte ihr einen gekauft, der die gleichen Farben trug wie die Sonnenschirme am Strand. In Mailand regnete es im Herbst fast immer, doch das Mädchen wartete bei jedem Wetter auf ihren Vater, saß auf den Stufen vor dem Haus oder hüpfte im Innenhof umher, auf den die weniger vornehmen Wohnungen hinausblickten. Auch Nebel gab es in Mailand häufig, wovon Großmutter keinerlei Vorstellung hatte, und als der Reduce ihn ihr zu beschreiben versuchte, malte sie sich aus, dass es im Nebel so ähnlich wie im Jenseits sein musste.

Nein, Großmutter hatte keine Kinder, woran sicher die Nierensteine schuld waren. Auch sie war gern zur Schule gegangen, doch sie hatten sie nach der vierten Klasse wieder heruntergenommen. Der Lehrer war sogar zu ihnen nach Hause gekommen, um ihre Eltern zu überreden, das Mädchen aufs Gymnasium zu schicken oder wenigstens auf die Berufsschule, denn sie tat sich besonders im Italienischunterricht hervor. Doch meine Urgroßeltern fürchteten offensichtlich, ihre Tochter später auch noch studieren lassen zu müssen, deshalb behielten sie sie lieber gleich zu Hause. Dem Lehrer sagten sie, dass er keine Ahnung von ihren Sorgen habe und sich nicht mehr bei ihnen blicken lassen solle.

Aber Großmutter hatte in den vier Jahren lesen und schreiben gelernt und schrieb seither immer im Verborgenen in ein Notizheft. Gedichte. Ihre Gedanken. Dinge, die sie erlebt hatte oder, besser gesagt, erlebt haben könnte. Niemand durfte davon wissen, weil man sie sonst endgültig für verrückt erklärt hätte. Dem Reduce vertraute sie ihr Geheimnis an, weil sie spürte, dass es bei ihm gut aufgehoben war, auch wenn sie ihn erst seit weniger als einer Stunde richtig kannte.

Der Reduce war begeistert von ihrem Bekenntnis, und sie musste ihm hoch und heilig versprechen, sich niemals mehr für ihr Geheimnis zu schämen und ihn das Geschriebene lesen zu lassen, sofern sie es dabeihatte, oder ihm ihre Gedichte vorzutragen, jedenfalls schienen ihm eher die anderen verrückt zu sein als sie.

Auch er hatte eine Leidenschaft: das Klavierspielen. Seit er ein kleiner Junge war, besaß er ein Klavier, das früher seiner Mutter gehört hatte, und in den Ferien übte er oft stundenlang. Das Schwierigste, was er je gespielt hatte, waren die *Nocturnes* von Chopin, doch als er aus dem Krieg zurückkam, war das Klavier verschwunden, und er traute sich nicht, seine Frau nach dessen Verbleib zu fragen. Inzwischen hatte er sich jedoch ein neues gekauft, und seine Finger begannen sich allmählich wieder an die Technik zu erinnern.

Während des Kuraufenthalts fehlte ihm das Klavier sehr – das heißt, es hatte ihm gefehlt, bis er Großmutter kennenlernte. Jetzt war es ein wenig wie Klavierspielen, wenn er sich mit ihr unterhielt, wenn er sah, wie sie lachte oder einen traurigen Ausdruck annahm oder wie sich ihre Haare beim Gestikulieren lösten, und wenn sein Blick bewundernd an den zarten Innenseiten ihrer Handgelenke hängen blieb, die einen solchen Kontrast zu den rissigen Händen bildeten.

Von jenem Tag an waren Großmutter und der Reduce unzertrennlich, es sei denn, einer von beiden musste schweren Herzens Pipi machen gehen. Sie kümmerten sich nicht um das Gerede der Leute, er, weil er aus dem Norden des Landes kam, und Großmutter auch nicht, obwohl sie eine Sardin war.

Am Morgen trafen sie sich im Frühstückssaal, und derjenige, der früher da war, ließ sich Zeit mit dem Essen, bis der andere kam. Jedes Mal hatte Großmutter Angst, dass der Reduce abgereist sein könnte, ohne sich von ihr zu verabschieden, oder dass er ihrer Gesellschaft überdrüssig geworden war und sich womöglich an einen anderen Tisch setzte, dass er einfach an ihr vorüberging und nurmehr ein kühles Nicken für sie übrig hatte, wie früher all jene Mittwochsmänner. Doch dem war nicht so. Stets wählte er den gewohnten Tisch, und wenn sie diejenige war, die später kam, war unschwer zu erkennen, dass er auf sie gewartet hatte, denn Großmutter traf ihn meist nur vor einem leeren Espressotässchen an, woraus sie schloss, dass er bis auf einen Kaffee noch nichts zu sich genommen hatte. Der Reduce griff beherzt zu seiner Krücke, stützte sich darauf und erhob sich so schnell, als müsste er vor seinem Hauptmann strammstehen, ehe er leicht den Kopf neigte und sagte: »Guten Morgen, Prinzessin!«

Dann lachte meine Großmutter gerührt und überglücklich und erwiderte scherzend: »Prinzessin? Von welchem Reich?«

Nach dem Frühstück lud er sie immer ein, ihn zum Kiosk zu begleiten, wo er seine Zeitung kaufte, die er jeden Tag las wie ihr Mann auch, nur mit dem Unterschied, dass Großvater sich schweigend in die Lektüre vertiefte, während sich der Reduce neben sie auf eine Bank setzte, um ihr Artikel vorzulesen und sie anschließend nach ihrer Meinung zu fragen. Und es machte gar nichts, dass er studiert und Großmutter nur die Grundschule besucht hatte, denn er schien viel Wert auf ihre Ansichten zu legen. Beispielsweise fragte er sie, was die Sarden von der *Cassa per il Mezzogiorno* hielten, dem Entwicklungshilfefonds für Süditalien, den die Regierung unter de Gaspari eingerichtet hatte. Oder wie dachte Großmutter über den Koreakrieg? Und was sagte sie zu den jüngsten Ereignissen in China? Großmutter ließ sich immer erst die Fragen erklären, ehe sie ihre Meinung dazu äußerte. Sie wollte diese tägliche Zeitungslektüre, bei der ihr Kopf die Schulter des Reduce berührte, während er vorlas, keinesfalls missen; manchmal kamen sie sich so nah, dass nur noch wenig fehlte und sie hätten sich geküsst.

Dann fragte er: »Und wie gehen wir heute zum Hotel zurück? Schlagen Sie einen Weg vor, der Ihnen am besten gefällt.«

So wählten sie stets eine andere Strecke. Wenn der Reduce bemerkte, dass Großmutter zerstreut war und unversehens stehen blieb, um die Fassade eines Hotels zu bewundern oder in die Wipfel der Bäume zu blicken oder sich sonst etwas hinzugeben, das gerade ihre Aufmerksamkeit erregte – die Fähigkeit, über die kleinsten Dinge zu staunen, bewahrte sie sich bis ins hohe Alter –, legte er die Hand auf ihre Schulter, um sie behutsam an den Rand des Weges zu dirigieren.

»Eine Prinzessin … Sie verhalten sich wie eine Prinzessin. Sie kümmern sich nicht um die Welt, die Sie umgibt, sondern die Welt muss sich um Sie kümmern. Ihre Aufgabe besteht nur darin, da zu sein. Ist es nicht so?«

Großmutter gefiel diese Vorstellung: künftige Prinzessin der Via Manno, derzeitige der Via Sulis und frühere

Prinzessin des Campidano, der Schwemmlandebene im Hinterland von Cagliari, von der sie stammte.

Ohne sich zu verabreden, erschienen sie bald immer früher zum Frühstück. Dadurch hatten sie mehr Zeit, eng nebeneinander auf der Bank die Zeitung zu lesen und anschließend einen Spaziergang zu machen, bei dem es immer öfter geschah, dass er die Hand auf ihre Schulter legte, um sie in die richtige Richtung zu dirigieren.

Eines Tages fragte der Reduce, ob er ihre Arme einmal in ganzer Länge betrachten dürfe, und als sie die Ärmel ihrer Bluse hochstreifte, musste er unbedingt mit dem Zeigefinger die blauen Venen nachfahren, die sich unter ihrer Haut abzeichneten.

»Schönheit ...«, sagte er und ging zum vertrauten Du über, »du bist eine echte Schönheit. Aber woher stammen all diese Narben?«

Großmutter erwiderte, dass sie von der Arbeit auf dem Feld kämen.

»Mir scheinen sie eher von der Klinge eines Messers herzurühren.«

»Auf dem Feld gibt es ja so viel zu schneiden. Das bringt die Arbeit auf dem Land so mit sich.«

»Aber warum sind die Schnitte dann auf den Armen und nicht an den Händen? Sie scheinen mit Absicht gemacht zu sein, sauber und glatt, wie sie sind.«

Sie antwortete nicht, und er nahm ihre Hand und küsste sie, küsste immer wieder auch die Narben auf der Innenseite ihres Arms. Dann zeichnete er mit der Fingerspitze die Linien ihres Gesichts nach. »Schönheit«, sagte er wieder, »was für eine Schönheit du bist.«

Da berührte auch sie ihn, jenen Mann, den sie tagelang von ihrem Sessel auf der Veranda aus beobachtet hatte, berührte ihn so sanft, als wäre er die Skulptur eines berühmten Bildhauers, zuerst die Haare, anschließend die zarte Haut am Hals, dann befühlte sie den Stoff des Hemdes, strich über die starken Arme und die unschuldigen Hände, die denen eines Kindes glichen, und betastete schließlich das Holzbein und den Fuß, der in einem frisch polierten Schuh steckte.

Die Tochter des Reduce war nicht sein Kind. Als sie 1944 gezeugt wurde, war er in Gefangenschaft der Deutschen, die sich bereits auf dem Rückzug befanden. Seine Tochter war das Kind eines Partisans, mit dem seine Frau gemeinsam gekämpft hatte und der während eines Einsatzes getötet worden war. Der Reduce liebte ihr Kind, und mehr wollte er nicht wissen.

1940 war er von zu Hause fortgegangen, hatte sich auf dem Kreuzer *Trieste* eingeschifft, zwei- oder dreimal Schiffbruch erlitten, war 1943 auf hoher See in der Nähe von Marseille in Kriegsgefangenschaft geraten und bis 1944 im Konzentrationslager Hinzert inhaftiert. Das Bein hatte er im Winter 1944/45 verloren, als die Gefangenen die Deutschen auf dem Rückzug nach Osten begleiten mussten, bis die Alliierten sie befreiten. Er konnte sich nur noch am Boden voranschleppen; ein amerikanischer Arzt amputierte sein Bein und rettete ihm so das Leben.

Sie saßen auf einer Bank, und Großmutter nahm seinen Kopf zwischen die Hände und hielt ihn an ihr wild pochendes Herz, dann öffnete sie die obersten Knöpfe ihrer Bluse. Mit seinen lachenden Lippen liebkoste er ihre

Brüste. »Wollen wir unser Lächeln küssen?«, fragte Groß-
mutter, dann gaben sie sich einen innigen, endlosen Kuss.
Der Reduce sagte, dass Dante im fünften Gesang der
»Hölle« in seiner *Göttlichen Komödie* genau die gleiche Idee
gehabt habe – der Liebenden, die sich das Lachen vom
Mund küssen. In diesem Gesang verewigte der Dichter die
Liebenden Paolo und Francesca, die für immer in der
Hölle gefangen sind, dazu verdammt, sich nacheinander
zu verzehren, ohne sich jemals zu erreichen.

Auch das Haus von Großmutter würde aus den Trümmern wiederauferstehen, so wie der Reduce eines Tages
wieder zu einem Klavier gekommen war: An der großen
klaffenden Stelle, wo die Kirche San Giorgio e Santa Caterina sowie das ehemalige Haus des Großvaters gestanden
hatten, wurde gerade eine Villa errichtet. Großmutter war
sich sicher, dass es wunderschön werden würde, ihr neues
Haus, voller Licht. Von den Fenstern aus würde sie die
Schiffe und die orangefarbenen und violetten Sonnen-
untergänge und die Schwalben sehen können, die nach
Afrika zogen, und im Erdgeschoss würde es einen Salon
geben, wo sie Feste feiern würden, sowie einen Winter-
garten, die Treppen wären mit einem roten Läufer ausge-
legt, und auf der Veranda hätten sie einen Springbrunnen
mit einem hohen Wasserstrahl. Die Via Manno war eine
schöne Straße, die schönste in ganz Cagliari. Am Sonntag
würde Großvater ihr Pasta aus der Pasticceria Tramer mitbringen, und wenn er ihr an anderen Tagen eine Freude
machen wollte, würde er ihr auf dem Markt von Santa
Caterina Tintenfisch kaufen, den sie kochen und mit Olivenöl, Salz und Petersilie zubereiten würde.

Die Frau des Reduce hingegen machte jetzt Schnitzel nach Mailänder Art und Risotto, aber das Lieblingsgericht des Reduce waren und blieben Trenette mit Pesto, die *cima* – ein typisches Gericht aus Genua, wie er ihr erklärte, eine Art gefüllter Kalbsbraten –, sowie die *torta pasqualina,* eine pikante Torte, ebenfalls eine Genueser Spezialität.

Das ehemalige Haus des Reduce in Genua befand sich in der Nähe des Krankenhauses Gaslini, es hatte einen Garten mit zahlreichen Feigenbäumen, Hortensien, Veilchen sowie einem Hühnerstall, und bis zu seinem Umzug nach Mailand hatte er immer dort gelebt. Inzwischen hatte er es verkauft. Die neuen Bewohner waren nette Leute, die ihn stets willkommen hießen und bei sich aufnahmen, wenn er in Genua war, und die ihn nie ohne frische Eier oder – im Sommer – ohne Tomaten und Basilikum nach Mailand zurückfahren ließen. Das Haus war alt und feucht, aber der Garten war wunderschön, überwuchert von allen möglichen Pflanzen. Das einzig Wertvolle, was das Haus beherbergt hatte, war das Klavier seiner Mutter, die aus einer sehr reichen Familie stammte, aber da sie sich in seinen Vater verliebt hatte, einen *camallo* – einen Hafenarbeiter, der Schiffe entlud –, war sie von ihren Eltern verstoßen worden, und der einzige Gegenstand, den sie ihr sehr viel später nachsandten, war das Klavier.

Als er ein kleines Kind war, unternahm seine Mutter mit ihm nach dem Abendessen gewöhnlich einen Spaziergang – man aß in Genua früh zu Abend und ging dann noch aus – und zeigte ihm die Villa seiner Großeltern. Er sah die hohe Mauer, die sich eine ganze Straße entlangzog bis zu dem großen schmiedeeisernen Tor mit dem Wachhäuschen. Dahinter erblickte er eine lange, mit Palmen und

Agaven bestandene Allee inmitten eines Parks mit geometrisch geschnittenen Büschen, der sich unendlich weit hinaufzog, bis zu dem riesigen cremeweißen Gebäude mit den drei terrassenförmig angeordneten Stockwerken, den Gipsbalustraden und den eisfarbenen Stuckleisten, die die Fensterreihen zierten – die meisten Fenster hell erleuchtet –, und oben auf dem Dach sah er vier Türmchen aufragen. Aber seine Mutter sagte ihm, dass ihr all das nichts bedeute, sie habe nur zwei Lieben, ihren Mann und ihren Sohn, und sie drückte ihn fest an sich; und wenn er an sie dachte, dann sah er sie stets so, ihr Gesicht umgeben von winzigen Lichtern, denn in den Sommernächten gab es unzählige Glühwürmchen in Genua.

Sie war gestorben, als der Reduce noch nicht einmal zehn Jahre alt war. Sein Vater, der ihren Tod nie verwand, heiratete nicht wieder. Er besuchte die Bordelle in der Via Pre, und das genügte ihm bis zu dem Tag, als er während der Arbeit im Hafen bei einem Bombenangriff ums Leben kam.

Vielleicht war die Tochter des Reduce doch nicht das Kind eines Partisans. Vielleicht war sie von einem Deutschen, und seine Frau hatte es ihm nicht gesagt, damit er das Kind nicht hasste, weil es von einem Nazi stammte. Vielleicht hatte sie sich im Krieg verteidigen müssen. Vielleicht war ihr ein deutscher Soldat zu Hilfe geeilt. Jedenfalls konnte seine Frau, die in einer Fabrik arbeitete und im März 1943 am Streik der Arbeiter für Brot, Frieden und Freiheit teilgenommen hatte, ihm nicht verzeihen, dass er eine Militäruniform trug. Dabei wusste jeder, dass die Regia Marina königstreu war und den Faschismus eigentlich ablehnte, von den Deutschen ganz zu schweigen, diesen Binnenländlern, denn als wahre Verbündete sah man eher die Engländer, und jene, die sich damals einschifften, waren nicht von dem allgemeinen Taumel erfasst, der zu Beginn des Krieges noch herrschte, sondern ernste, zurückhaltende Männer mit großem Pflicht- und Ehrgefühl.

Seine Tochter hatte bereits den Mailänder Akzent angenommen. Sie hatte eine Babypuppe, mit der sie Mama und Kind spielte, eine Puppenküche mit einem Miniaturservice aus echtem Porzellan und Schulhefte, in die sie die ersten Buchstaben des Alphabets schrieb und deren Seiten sie mit Ornamentbordüren verzierte. Sie liebte das Meer, das so plötzlich vor ihren Augen erschienen war, als sie mit ihr nach Genua fuhren und der Zug aus einem Tunnel tauchte, und nachdem sie ein Jahr zuvor von Genua nach Mailand umgezogen waren, hatte sie sehr geweint; sie hatte sich auf den Balkon gestellt und den Leuten zugerufen: »Genua! Ich will wieder mein Genua! Gebt mir Genua zurück!« Wenn sie die Tochter eines Deutschen war, dann war es ein guter Deutscher gewesen.

Obwohl sie nicht viel von Politik verstand, war auch Großmutter der Ansicht, dass nicht alle Deutschen, die Italien besetzt hatten, böse Menschen gewesen sein konnten. Und was war mit den Amerikanern, die Cagliari zerstört, ach was: in Schutt und Asche gelegt hatten? Was waren dann die? Ihr Mann, der im Gegensatz zu ihr viel von Politik verstand und jeden Tag die Zeitung las, der ein intelligenter Kommunist war und den Streik in der Saline von Cagliari organisiert hatte, ihr Mann sagte immer, dass es keinerlei strategischen Grund gegeben habe, die Stadt so heftig unter Beschuss zu nehmen. Und doch konnten unmöglich alle Piloten der B-17, dieser fliegenden Festungen, Bösewichte gewesen sein, oder? Auch unter ihnen wird es doch anständige Menschen gegeben haben.

So füllten sie die Leere während der Kur mit ihren Erzählungen vom neuen Haus in der Via Manno und dem Klavier, und der Reduce umarmte Großmutter und summte ihr die Töne aller möglichen Instrumente ins Ohr – Kontrabass, Trompete, Violine, Flöte. Er hatte ein ganzes Orchester im Repertoire. Vielleicht war es verrückt, meinte er, aber auf den langen Märschen im Schnee oder wenn er sich im Konzentrationslager zur Erheiterung der Aufseher mit den Hunden um das Essen streiten musste, rief er sich immer diese Klänge und seine Lieblingsgedichte ins Gedächtnis, und das hielt ihn am Leben.

Er flüsterte ihr auch ins Ohr, dass einige Gelehrte der Ansicht seien, Paolo und Francesca seien sofort getötet worden, nachdem man sie zusammen erwischt habe. Andere Dante-Forscher hingegen verträten die Auffassung, dass sie ihre Liebe noch eine Zeit lang genießen konnten, ehe sie starben. *An jenem Tage lasen wir nicht weiter,* hieß es bei Dante, und was das bedeute, sei der Fantasie des Lesers überlassen. Und dann sagte er, dass auch sie beide sich lieben könnten wie Dantes berühmtes Liebespaar, sofern Großmutter keine Angst vor der Hölle habe.
Ach was, Großmutter hatte überhaupt keine Angst: Wenn Gott wirklich Gott war und wusste, wie sehr sie sich nach der Liebe gesehnt hatte, wie sehr sie gebetet hatte, wenigs-

tens eine Ahnung davon zu bekommen, konnte er sie dann wirklich in die Hölle schicken?

Und was sollte das schon für eine Hölle sein, wo sie doch noch als alte Frau lächeln konnte, wenn sie an jenes Bild dachte, das sie und der Reduce bei ihrem ersten Kuss abgaben. Wann immer sie traurig war, erfreute sie sich an dieser Szene, die sich ihr unauslöschlich ins Gedächtnis gebrannt hatte.

# 8

Ich wurde geboren, als meine Großmutter schon jenseits der sechzig war. Ich erinnere mich, dass ich sie als kleines Mädchen wunderschön fand. Vollkommen verzaubert schaute ich zu, wenn sie sich die Haare kämmte, die bis ins hohe Alter nicht grau geworden sind und ihre Fülle bewahrt haben, sie vom Scheitel abwärts in zwei Stränge teilte und zu einem altmodischen Knoten schlang. Wenn sie mich von der Schule abholen kam und ich sie mit ihrem jugendlichen Lächeln zwischen den Mamas und Papas der anderen Schulkinder stehen sah, war ich stolz, denn meine

Eltern, beide Konzertmusiker, waren ständig in der Welt unterwegs. Meine Großmutter war mein Ein und Alles, sie bedeutete mir mindestens ebenso viel wie meinem Vater die Musik und meiner Mutter mein Vater.

Zunächst wollte kein Mädchen meinen Vater haben, worunter Großmutter sehr litt, denn sie fürchtete, dass sie ihrem Sohn womöglich jenes mysteriöse Übel vererbt hatte, das die Liebe vertrieb. Es war die Zeit der Musikclubs, und die jungen Leute gingen tanzen und flochten bei den Klängen der Beatles ihre Liebschaften, außer meinem Vater. Manchmal übte er am Konservatorium mit Studentinnen – Sängerinnen, Geigerinnen, Flötistinnen – Stücke ein. Alle wollten ihn für das Examen als Begleitung am Klavier haben, denn er war der Beste, doch kaum war die Prüfung vorüber, erlosch das Interesse an ihm.

Dann öffnete Großmutter in der Via Manno eines Tages die Tür und sah Mama die Treppe heraufeilen; sie war ganz außer Atem, denn sie war zu Fuß gekommen, und der Riemen des Flötenkastens schnitt ihr in die Schulter. Sie wirkte schüchtern und sicher zugleich, so wie heute noch, und sie war schön, von einer einfachen, frischen Schönheit. Keuchend, aber fröhlich lachend wie ein kleines Mädchen kam sie die steile Treppe herauf, und Großmutter rief über die Schulter in Richtung der verschlossenen Tür, hinter der Papa Klavier spielte: »Sie ist gekommen! Die Person, auf die du gewartet hast, ist da!«

Auch Mama kann sich noch gut an den Tag erinnern, als sie mit ihm ein Stück für Klavier und Flöte üben sollte, am Konservatorium jedoch kein Saal frei war und mein Vater ihr vorschlug, zu ihm in die Via Manno zu kommen. Wie ihr dort alles so perfekt vorkam, Großmutter, Großvater, das Haus. Sie wohnte in einer hässlichen Gegend am Stadtrand, wo sich eine graue Mietskaserne an die andere reihte, zusammen mit ihrer Mutter, meiner Großmutter Lia, die eine ernste, strenge Frau war und einen Ordnungs- und Sauberkeitsfimmel hatte, die häufig die Fußböden wachste und verlangte, dass man sich die Schuhe am Eingang auszog und in Pantoffeln durch die Wohnung ging, die immer Schwarz trug und forderte, dass Mama sie ständig anrief, um ihr zu sagen, wo sie gerade war, und die von ihrer Tochter keine Widerrede duldete. So war die Musik das Einzige, was Mama Freude bereitete, aber Signora Lia konnte es auch nicht ausstehen, wenn sie Flöte spielte, und schloss sämtliche Türen, sobald sie zu üben begann.

Schon eine ganze Weile war Mama heimlich in meinen Vater verliebt. Ihr gefiel alles an ihm, obwohl er schrecklich zerstreut war und die Pullover immer verkehrt herum trug, nie wusste, welche Jahreszeit gerade war, sodass er auch im Winter noch dünne Sommersachen anhatte und sich dann oft eine Bronchitis zuzog. Die Leute sagten, er sei verrückt, und obwohl er gut aussah, wollten die Mädchen aus all diesen Gründen nichts von ihm wissen. Seine Marotten passten einfach nicht in die damalige Zeit, ebenso wenig wie die klassische Musik, in der er ein Genie war. Mama hingegen hätte ihr Leben für ihn hingegeben.

Zu Beginn ihrer Ehe verzichtete sie freiwillig auf eigene Engagements und suchte sich auch keine andere Arbeit, um möglichst oft mit Papa zusammen zu sein. Und die beste Art, ihm nahe zu sein, war, wenn sie ihn auf seinen Tourneen rund um den Globus begleitete, bei den Kon-

zerten neben ihm saß und die Notenblätter umwandte –
obwohl es nur wenige Stücke gab, die er nicht auswendig
beherrschte. Es kam nur sehr selten vor, dass sie nicht mit-
reisen konnte, zum Beispiel als ich geboren wurde, und natürlich war Papa auch an diesem Tag nicht da. Als ich auf
die Welt kam, war er in New York und gab das Kla-
vierkonzert in G-Dur von Ravel. Meine Großeltern riefen
ihn gar nicht erst an, um ihn nicht aufzuregen. Sie hatten
Angst, dass er wegen mir schlecht spielen könnte.

Kaum war ich etwas größer geworden, das heißt ein paar
Monate alt, kaufte Mama einen zweiten Laufstall, einen
zweiten Kinderstuhl und weiteres Kindergeschirr und
brachte alles in die Via Manno zu Großmutter. So musste
sie nur rasch die Tasche mit den restlichen Babysachen
packen, wenn sie auf Reisen ging, um mich anschließend
bei Großmutter abzuliefern und dann zum Flughafen zu
fahren, von wo aus sie zu dem jeweiligen Ort flog, an dem
Papa gerade ein Konzert gab.

Bei meiner Großmutter mütterlicherseits, Signora Lia, ließen sie mich nie, denn dort weinte ich immer: Gleichgültig, was ich tat – ob ich etwas malte oder ein selbst er-
fundenes Lied sang –, immer verfinsterte sich Signora Lias
Miene, und sie sagte, dass es wichtigere Dinge gebe, ja,
man müsse an die wichtigen Dinge im Leben denken, und
so kam ich zu dem Schluss, dass sie die Musik hasste, die
meinen Eltern so wichtig war, dass sie auch die Märchen-
bücher hasste, die ich mit mir herumtrug. Um sie zufrie-
denzustellen, versuchte ich herauszufinden, was ihr gefallen könnte, doch sie schien rein gar nichts zu mögen.
Mama erklärte mir, dass Signora Lia so sei, weil ihr Mann
gestorben sei, noch ehe meine Mutter auf die Welt kam,

und weil sie mit ihrer Familie im Streit liege, die sehr reich war. Aus diesem Grund habe Signora Lia auch ihr Heimatdorf Gavoi verlassen.

An Großvater erinnere ich mich nicht, denn ich war noch zu klein, als er am 10. Mai 1978 starb, jenem Tag, als das Gesetz Nr. 180 verabschiedet wurde, dem zufolge alle psychiatrischen Anstalten aufgelöst werden mussten. Mein Vater hat mir oft erzählt, dass Großvater ein außergewöhnlicher Mann gewesen sei, den alle sehr schätzten und den die Verwandten meiner Großmutter von ganzem Herzen mochten, weil er seine Frau vor so manchem gerettet habe, doch davon wollte Papa lieber nicht reden, er sagte nur, dass ich bei Großmutter auf der Hut sein solle, ich dürfe ihr keinen Kummer machen und sie nicht aufregen.

Erst als ich erwachsen war, erfuhr ich, dass sie sich, bevor sie in jenem bedeutungsvollen Mai 1943 Großvater begegnete, in den Brunnen gestürzt hatte. Ihre Schwestern, die den Aufprall hörten, rannten in den Hof hinaus und holten die Nachbarn zu Hilfe. Auf wundersame Weise hatte Großmutter den Sturz überlebt, und mit gemeinsamen Kräften gelang es ihnen, sie wieder heraufzuziehen.

Ein anderes Mal soll sie sich verunstaltet haben, indem sie ihre Haare abschnitt, sodass sie aussah, als hätte sie die Krätze, und immer wieder fügte sie sich Schnittwunden an den Armen zu. Sie war stets von einem geheimnisvollen Schleier umgeben.

Ich jedoch habe eine andere Großmutter kennengelernt, eine Frau, die wegen der kleinsten Kleinigkeit lachen konnte, und auch mein Vater sagt, dass er sie als ruhige, besonnene Person erlebte, mit einer Ausnahme vielleicht.

Inzwischen weiß ich jedoch, dass manches wahr ist, was man sich erzählte. Im Übrigen sagte Großmutter immer, dass ihr Leben aus zwei Teilen bestand: dem Leben vor und dem nach der Kur, so als hätte das Thermalwasser nicht nur die Steine aus ihren Nieren gespült, sondern auch auf andere Weise Wunder bewirkt.

# 9

Im Jahr 1951, neun Monate nach der Thermalkur, kam mein Vater zur Welt. Als er sieben Jahre alt war, fand Großmutter eine Anstellung als Haushälterin bei zwei alten Damen, Donna Loretta und Donna Fanni, die in der Viale Luigi Merello wohnten. Sie arbeitete dort heimlich, ohne Großvater oder sonst jemandem etwas zu sagen, weil sie ihrem Jungen Klavierunterricht ermöglichen wollte. Die beiden Fräulein bemitleideten sie, denn sie hielten es für ein Hirngespinst, dem Jungen Musikunterricht zu geben: »Ist es nicht verrückt, wenn eine wie sie das Dienstmädchen spielt, wo sie sich ein schönes Leben machen könnte? Und wozu? Damit der Bengel Klavierspielen lernt!«, sagte die eine zur anderen.

Doch sie mochten Großmutter so gern, dass sie besondere Arbeitszeiten vereinbarten: Ihr Dienst begann, nachdem sie Papa in die Schule Sebastiano Satta gebracht hatte, und endete rechtzeitig, um ihn wieder abholen und den Einkauf erledigen zu können, und wenn Ferien waren und viele der Geschäfte geschlossen hatten, bekam auch Großmutter frei.

Großvater mag sich gewundert haben, warum sie die Hausarbeit immer erst nachmittags erledigte, wo sie doch den ganzen Morgen Zeit gehabt hätte, aber er stellte keine Fragen und machte ihr nie Vorwürfe, wenn er nach Hause kam und der Haushalt nicht gemacht war oder das Mittagessen noch nicht auf dem Tisch stand. Vielleicht dachte er, dass seine Frau vormittags Schallplatten hörte, denn inzwischen ging es ihnen finanziell recht gut, und sie hatte diesen Wahn mit der Musik entwickelt – Chopin, Debussy, Beethoven –, auch Opern hörte sie, und bei *Madame Butterfly* oder *La Traviata* weinte sie. Vielleicht nahm er auch an, dass sie mit der Straßenbahn zum Strand von Poetto fuhr, um das Meer zu sehen, oder zu ihren Freundinnen Donna Loretta und Donna Fanni zum Kaffeetrinken.

Stattdessen lief Großmutter, wenn sie Papa in der Via Angioy abgeliefert hatte, schnurstracks die Via Don Bosco hinauf, die zur Viale Merello führte. Dort standen all die Villen mit ihren großzügigen Terrassen mit Gipsbalustraden, inmitten von Gärten voller Palmen mit Goldfischbecken und Fontänen mit Putten.

Die beiden Fräulein erwarteten sie tatsächlich zum Kaffee,

den sie ihr auf einem Silbertablett servierten, ehe sie sich an die Arbeit machen durfte, denn in ihren Augen war Großmutter kein Dienstmädchen, sondern eine wahre Dame. Sie erzählten ihr von den Männern in ihrem Leben, dem Verlobten von Donna Fanni, der im Ersten Weltkrieg ausgerechnet in der letzten und entscheidenden Schlacht, der von Vittorio Veneto, gestorben war, als er in der Brigade Sassari kämpfte. Seither war sie immer traurig, wenn die Menschen am 24. Oktober ausgelassen den Sieg über Österreich-Ungarn feierten.

Auch Großmutter erzählte, aber wohl kaum vom Reduce oder der Verrücktheit oder den Bordellen, sondern von ihren Verlobten, die alle geflüchtet waren, und von Großvater, der sich auf Anhieb in sie verliebt und sie vom Fleck weg geheiratet hätte, worauf sich Donna Loretta und Donna Fanni verwirrt anblickten, wie um zu sagen: Selbst ein Blinder würde sehen, dass er sie nur aus Dankbarkeit ihrer Familie gegenüber geehelicht hat. Doch das behielten sie für sich. Vielleicht dachten sie, dass Großmutter deshalb ein wenig seltsam sei und nicht recht mitbekomme, was um sie vorging, weil sie so verrückt nach Musik und vor allem nach Klavierspiel war, etwas, das für die beiden Damen gleichbedeutend mit Wahnsinn sein musste, wenn man bedachte, dass sie ein Klavier besaßen, ohne es je anzurühren. Stattdessen hatten sie Blumenvasen und allerlei Nippes auf Spitzendeckchen darauf ausgebreitet.

Großmutter liebkoste das Klavier nahezu, ehe sie es abstaubte, um es dann auf Hochglanz zu polieren, indem sie die Oberfläche anhauchte und mit einem weichen Lappen darüberrieb, den sie eigens für diesen Zweck gekauft hatte. Eines Tages machten ihr die Hausherrinnen einen Vorschlag: Da ihre flüssigen Mittel zur Neige gingen, sie aber immer schon daran gewöhnt waren, Hauspersonal zu haben, wollten sie Großmutter statt mit Bargeld auf andere Weise entlohnen: Man vereinbarte einen Preis für das Klavier, und Großmutter sollte die Summe abzahlen, indem sie weiterhin Tag für Tag ihren Dienst im Haus verrichtete. Ihrem Mann sollte sie sagen, dass das Klavier ein Geschenk sei, ein Geschenk von ihren Freundinnen. Donna Loretta und Donna Fanni brachten sogar noch eine Klavierleuchte an, die dazu diente, die Klaviatur anzustrahlen; Großmutter war jedoch gezwungen, sie umgehend wieder verkaufen, um den Transport des Klaviers von der Viale Merello in die Via Manno zu bezahlen, außerdem musste das Instrument gestimmt werden.

An dem Tag, als es seine Reise in die Via Manno antrat, überkam sie ein derartiger Glücksrausch, dass sie den ganzen Weg von der Viale Merello zur Via Manno im Laufschritt zurücklegte, um vor dem Lieferwagen anzukommen, während sie im Geist den Vers eines Gedichts rezitierte, das der Reduce in ihr Notizheft geschrieben hatte: *Wenn du auch nur das kleinste Zeichen hinterlässt im Leben …* *Wenn du auch nur das kleinste Zeichen hinterlässt im Leben …* *Wenn du auch nur das kleinste Zeichen hinterlässt im Leben –* immer atemloser wiederholte sie die Worte, ohne innezuhalten, bis sie zu Hause war.

Sie stellten das Klavier in das große, lichtdurchflutete Zimmer, dessen Fenster auf den Hafen hinausgehen. Und Papa wurde ein großer Pianist.

Ja, das ist er tatsächlich. Wenn die Zeitungen über ihn schreiben, heißt es immer wieder, dass er der einzige Sarde sei, der es in der Musik zu etwas gebracht habe. In den Konzertsälen von Paris, London und New York rollt man den roten Teppich für ihn aus. Großvater hatte ein Album aus flaschengrünem Leder angelegt, in das er sämtliche Fotografien und Zeitungsausschnitte mit den Konzertkritiken von seinem Sohn klebte.

Papa hat mir meistens nur von Großvater erzählt. Seine Mutter liebte er zwar ebenso wie seinen Vater, aber sie war ihm seltsam fremd. Wenn sie ihn zum Beispiel fragte, wie es ihm gehe, dann antwortete er: »Wie soll es mir schon gehen? Normal, ganz normal.« Woraufhin Großmutter erwiderte, was denn »normal« sei, normal gebe es nicht, entweder seien die Dinge so oder anders, und man konnte sehen, wie sehr sie sich ärgerte oder auch wie eifersüchtig sie bisweilen war, wenn alle drei am Tisch saßen und in Gegenwart von Großvater die Dinge mit einem Mal einen anderen Anstrich bekamen – eben so, wie Großmutter es angedeutet hatte.

Jetzt, da seine Mutter tot ist, verzeiht Papa es sich nicht, dass er sie nicht verstanden hat, aber damals hatte er keine Ahnung. Sie besuchte nur eines seiner Konzerte, als er noch ein Junge war, doch mittendrin lief sie weg, weil sie von ihren Gefühlen überwältigt wurde. Großvater hingegen, der sie immer beschützte, auch wenn er nie wusste, was er mit ihr reden sollte, und der in Gefühlsdingen nicht sonderlich bewandert war, folgte ihr diesmal nicht, sondern genoss Papas Konzert bis zum Schluss. Er war so glücklich und wurde nicht müde, seinem Sohn zu versichern, wie stolz er auf ihn sei.

Papa ist froh, dass meine Beziehung zu Großmutter einfach war. Umso besser für mich, denn sie hat mich aufgezogen. Ich war öfter in der Via Manno als zu Hause, und wenn er und Mama von einem Konzert zurückkehrten, wollte ich nie mit ihnen gehen. Schon als ich ganz klein war, machte ich die schrecklichsten Szenen und brüllte und kroch unter ein Bett oder schloss mich in einem Zimmer ein, und nur wenn sie mir versprachen, dass sie mich noch ein wenig bei Großmutter ließen, kam ich wieder heraus. Einmal versteckte ich mich sogar in einer großen leeren Blumenvase und harrte darin, die Arme über dem Kopf, so lange aus, bis sie mir hoch und heilig versprachen, dass ich bleiben konnte. Und am nächsten Tag veranstaltete ich das gleiche Theater. Auch weigerte ich mich, meine Puppen und Spielsachen mit nach Hause zu nehmen und später, als ich größer war, die Bücher. Ich behauptete, dass ich unbedingt bei Großmutter bleiben müsse, um zu lernen, weil es zu umständlich sei, die Bücher hin und her zu tragen, vor allem die Lexika. Und wenn ich Freunde einladen wollte, dann bestellte ich sie zu Großmutter, weil es dort eine große Terrasse gab. Und überhaupt. Vielleicht lag meine Nähe zu ihr daran, dass ich sie auf die richtige Weise liebte. Mit meinen theatralischen Szenen und den Tränen, dem Gebrüll und meinen Freudenausbrüchen. Wenn ich von einer Reise zurückkam, stand sie auf der Straße und wartete auf mich, und ich lief auf sie zu, und wir umarmten uns und weinten, so als kehrte ich aus dem Krieg zurück.

Wenn ich irgendwo auf der Welt ein Konzert von Papa besuchte, lief ich, kaum war der Applaus verklungen, zum nächsten Telefon und rief Großmutter an, um ihr in allen

Einzelheiten zu erzählen, wie es gewesen war; ich summte ihr sogar einzelne Passagen vor, beschrieb den Applaus und meine Gefühle bei Papas Darbietung. Falls das Konzert in Cagliari stattfand, begab ich mich danach geradewegs in die Via Manno, und Großmutter setzte sich mit geschlossenen Augen neben mich und schlug bei meinen Erzählungen lächelnd den Takt mit den Füßen, die in Pantoffeln steckten.

Meiner anderen Großmutter, Signora Lia, schlugen Papas Konzerte immer auf den Magen. Sie sagte, ihr Schwiegersohn gehe keiner richtigen Arbeit nach, der Erfolg könne von heute auf morgen ausbleiben, und dann würde Mama mit mir an ihre Tür klopfen und um Almosen betteln, oder an die Tür der Schwiegereltern, solange die noch lebten. Signora Lia wusste, was es hieß, sich allein durchs Leben zu schlagen und niemanden um etwas zu bitten. Sie hatte das wahre Leben kennengelernt, o ja.

Mein Vater nahm seiner Schwiegermutter diese Haltung nicht übel. Vielleicht bemerkte er gar nicht, wie sehr sie ihn verachtete; nie gratulierte sie ihm zu seinem Erfolg, stattdessen warf sie die Zeitungen mit den Konzertkritiken in den Mülleimer oder putzte damit die Fenster oder legte mit dem Papier den Boden aus, wenn Handwerker im Haus waren.
Papa hatte immer schon nur seine Musik im Kopf, alles andere interessierte ihn nicht.

# 10

Von den Verlobten, die Reißaus genommen hatten, dem
Brunnen, den abgeschnittenen Haaren, den Wunden, die
sie sich zugefügt hatte, und der Sache mit dem Bordell erzählte Großmutter dem Reduce in der ersten Nacht, die sie
zusammen verbrachten, auch wenn sie damit riskierte, in
der Hölle zu landen. Großmutter sagte immer, sie habe
nur mit zwei Menschen in ihrem Leben ganz offen gespro-
chen: mit ihm und mir.
Er war der magerste und schönste Mann, den sie je gesehen hatte, und sie liebten sich lange und intensiv. Ehe er in

sie eindrang, wollte er, dass sie sich erst vollständig auszog, dann bedeckte er jeden Punkt ihres Körpers mit Liebkosungen. Dazwischen sah er sie immer wieder lächelnd an und sagte, wie schön sie sei und dass er ihr die Nadeln aus dem Haar ziehen wolle, und vergrub dann seine Hände in der rabenschwarzen Lockenpracht, wie kleine Kinder es so gern tun. Und er wollte sie betrachten, wenn sie nackt ausgestreckt auf dem Bett lag, wollte ihre großen, festen Brüste bewundern, ihre weiche weiße Haut, die langen Beine, während er sie streichelte und dort küsste, wo nie zuvor sie jemand geküsst hatte. Sie hätte sterben können vor Wonne. Dann zog Großmutter ihn ihrerseits aus und lehnte das Holzbein behutsam an den Fuß des Bettes, um anschließend lange die Narbe des verstümmelten Beins zu liebkosen.

In ihrem Herzen dankte sie zum ersten Mal Gott dafür, dass er sie hatte auf die Welt kommen und wieder aus dem Brunnen herausziehen lassen, dass er ihr solch schöne Brüste und Haare geschenkt hatte und auch – dafür dankte sie ihm ganz besonders – Nierensteine.

Hinterher sagte der Reduce, dass sie nicht nur liebevoll, sondern auch ausgesprochen fantasievoll sei und dass er noch nie einer Frau wie ihr begegnet sei, in keinem Haus und für keine Summe der Welt. Daraufhin zählte Großmutter ihm stolz ihre Leistungen auf.

Das Opfer: Der Mann fängt die nackte Frau mit einem Fischernetz, in das er ein Loch geschnitten hat, gerade groß genug, um in sie einzudringen. Er fasst sie überall an, aber mit dem Netz dazwischen spürt er nur ihre Formen, nicht aber ihre Haut.

Die Sklavin: Er will, dass sie ihn mit nackten Brüsten

badet, und sie streichelt ihn überall und erlaubt ihm, dass er in ihre Brustwarzen beißt, wobei er sie jedoch nicht ansehen darf.

Die Geisha: Er lässt sich von ihr Geschichten erzählen, die ihn von den Alltagssorgen ablenken; dabei ist sie vollständig angezogen, und es ist nicht gesagt, dass sie sich lieben.

Das Mittagessen: Sie streckt sich der Länge nach auf dem Tisch aus, und er verteilt die Speisen auf ihrem Körper, als wäre sie selbst der Tisch; er steckt ihr zum Beispiel eine Frucht in die Vagina oder gibt Marmelade auf ihre Brüste oder auch Fleischsoße oder Vanillecreme, und zum Schluss isst er genüsslich alles auf.

Das Mädchen: Er badet sie in der Badewanne mit sehr viel Schaum, wäscht sie gründlich am ganzen Körper, und aus Dankbarkeit nimmt sie ihn in den Mund.

Die Muse: Er fotografiert sie in den unanständigsten Posen, zum Beispiel während sie mit gespreizten Schenkeln masturbiert und ihre Brustwarzen reibt.

Die Hündin: Nur mit Strapsen bekleidet, apportiert sie die Zeitung, und dafür liebkost er ihre Scham von hinten oder streichelt ihre Haare oder krault ihr die Ohren und sagt: »Braver Hund!«

Die Dienerin: In einem Kleid, das ihre Brüste vollständig entblößt, ansonsten jedoch ganz züchtig ist, bringt sie ihm den Kaffee ans Bett und lässt ihn an den Brustwarzen saugen, dann klettert sie auf den Schrank, um Staub zu wischen, wobei sie keinen Schlüpfer trägt.

Die Faule: Sie lässt sich ans Bett fesseln, denn für ihre Faulheit muss er sie mit dem Gürtel bestrafen.

Großvater tat ihr nie richtig weh, sie kam immer gut dabei weg. Jedes Mal, nachdem sie ihm zu Diensten gewesen war, sagte er ihr, wie viel die jeweilige Leistung im Bordell gekostet hätte, und diese Summe legten sie beiseite, um für das Haus in der Via Manno zu sparen. Großmutter wollte jedoch auch, dass ein kleiner Teil davon für seinen Pfeifentabak verwendet wurde. Dennoch schliefen beide weiterhin jeweils am äußersten Rand der Matratze und sprachen niemals über sich selbst. Vielleicht musste Groß-mutter deshalb immer daran denken, welche Gefühle sie in jenen Nächten bestürmten, als der Arm des Reduce über ihrem Kopf auf dem Kissen lag und seine schlafende Hand ihre Haare zu streicheln schien.

Der Reduce sagte, dass sich ihr Mann glücklich schätzen könne, o ja, er sei ein glücklicher Ehemann und kein be-dauernswerter, wie sie, Großmutter, meinte, weil sein Schicksal ihm eine arme Irre zur Frau bestimmt hätte. Nein, sie sei nicht verrückt, sondern ein Mensch, den der liebe Gott in einem Moment erschaffen habe, da er es leid war, noch eine weitere gewöhnliche Frau von der Stange entstehen zu lassen. Stattdessen habe er sich von seiner poetischen Seite gezeigt und sie kreiert. Großmutter lachte von Herzen und sagte, dass auch der Reduce verrückt sei, deshalb würde er es nicht merken, wenn er auf andere Irre traf.

In einer der folgenden Nächte erzählte der Reduce, dass sein Vater nicht während eines Bombenangriffs in Genua gestorben sei, wie er zuerst gesagt hatte, sondern dass ihn die Gestapo zu Tode gefoltert habe. Seine grausam ent-stellte Leiche hätten sie vor dem Studentenwohnheim auf die Straße geworfen. Bis zum Schluss weigerte sich sein Vater, den Nazis zu sagen, wo sich seine Schwiegertochter und die anderen Partisanen befanden, die in seinem Haus mit den Alliierten telegrafiert hatten. Er war nicht geflohen, weil er für den Fall, dass die Deutschen das Haus beobachteten, den Anschein erwecken wollte, als sei alles ganz normal, so konnten die anderen unbemerkt in die Berge des Apennin entkommen. Seiner Schwiegertochter sagte er noch, er wünsche sich, dass sein Sohn eine Familie habe, wenn er aus dem Krieg zurückkomme, dann verabschiedete er sich von ihr und wartete auf die Gestapo.

Die Tochter des Reduce wurde in den Bergen geboren – wenn sie nicht doch das Kind eines Deutschen war. Er konnte sich überhaupt nicht vorstellen, dass seine Frau einen anderen geliebt hatte, und redete sich manchmal ein, dass der Vater des Kindes eine Art Monster sein musste, jemand, der seine Frau mit Gewalt genommen hatte, sicherlich als sie versuchte, ihren Schwiegervater zu beschützen. Seine Frau brachte es seither jedenfalls nicht mehr fertig, ihn zu berühren, weshalb sie keine weiteren Kinder bekamen. So wurde auch er ein regelmäßiger Gast der Bordelle. Der Reduce fing an zu weinen und schämte sich schrecklich dafür, denn als kleines Kind hatte man ihm eingebläut, keinen Schmerz zu zeigen. Da konnte auch Großmutter die Tränen nicht länger zurückhalten, denn ihr hatte man beigebracht, mit der Freude hinterm Berg zu halten. Vielleicht sogar zu Recht. Denn das Einzige, was ihr bisher geglückt schien, war die Heirat mit Großvater, und damals war sie ganz gleichgültig gewesen, während ihre Verehrer die Flucht ergriffen hatten, weil sie sie mit ihrer Freude überschüttete. Das Verhalten ihrer Verlobten war ihr zwar ein Rätsel, aber was wissen wir schon von den anderen, was wusste der Reduce?

Und es gab noch etwas, das sie nicht verstand. Eines Tages hatte sie sich ein Herz gefasst – das ihr so heftig in der Brust schlug, dass sie schon Angst hatte, es würde herausspringen – und Großvater gefragt, ob er sie nun, da er sie besser kennengelernt habe (nicht dass sie sich etwas darauf einbilde, Gott bewahre), all die Zeit mit ihr zusammenlebe und nicht länger die Bordelle besuchen müsse, nicht vielleicht ein wenig lieb gewonnen habe.

Großvater lachte still in sich hinein, ohne sie anzuschauen, um ihr dann einen kräftigen Klaps auf den Hintern zu versetzen, doch es schien ihm nicht im Traum einzufallen, ihr zu antworten. Ein anderes Mal, während sie eine ihrer Leistungen erbrachte, die sie dem Reduce jedoch nicht schildern konnte, sagte Großvater, dass sie den schönsten Hintern habe, der ihm je in seinem Leben untergekommen sei.

Was wissen wir also wirklich von den Menschen, selbst denen, die uns am nächsten sind?

# 11

1963 reiste Großmutter mit ihrem Mann und meinem
Vater nach Mailand, um ihre jüngste Schwester und deren
Familie zu besuchen, die dorthin emigriert waren.

Das ererbte Stück Land im Campidano hatte nicht ausge-
reicht, um Großmutters drei Schwestern mit ihren Familien zu ernähren. Sie verkauften sogar das Elternhaus, um
sie zu unterstützen, und meine Großeltern verzichteten
auf ihren Anteil, aber dennoch war ein Grundstück von
nicht einmal zwanzig Hektar für drei Familien von Bauern
zu wenig. Die Agrarreform war mehr als spärlich gewe-

sen, und der *Piano di Rinascita* – der staatliche Entwicklungshilfeplan für den Süden des Landes – lief in die falsche Richtung, denn er zielte auf die Entwicklung der chemischen und Eisen verarbeitenden Industrie, die bei uns keinerlei Rolle spielte, wie Großvater erklärte. Leute vom Festland bauten diese Industrie auf der Insel mit öffentlichen Mitteln auf, wo doch die Zukunft Sardiniens in der traditionell mittelständischen Wirtschaft lag, auf deren Ressourcen man hätte zurückgreifen können.

So war es den beiden Schwestern, die weiter von dem begrenzten Stück Land leben mussten, recht, dass wenigstens eine mit ihrer Familie fortzog.

Großmutter, die sehr darunter litt, hatte sie nicht einmal nach San Gavino begleitet, um sie am Zug zu verabschieden, der sie nach Porto Torres brachte, ihre jüngste Schwester, den Schwager und die Kinder. Auch wegen des Hauses litt sie. Die neuen Besitzer hatten das Eingangstor mit dem Rundbogen durch ein eisernes Gittertor ersetzt. Die *lolla,* ihr geliebter Laubengang, hatte ebenfalls dran glauben müssen: Sie hatten die niedrige Steinmauer abgerissen, die den Gang vom Hof trennte, die Holzpfeiler entfernt und stattdessen eine Aluminium-Glaswand eingesetzt. Das obere Stockwerk, das sehr niedrig war, auf das Dach der *lolla* hinausging und früher als Getreidespeicher gedient hatte, war zu einer Mansarde umfunktioniert worden, wie man sie auf den Alpen-Postkarten sieht. Aus dem Unterstand der Ochsen und dem Holzschuppen hatten sie eine Garage gemacht. Von den Beeten war nur ein schmales Band entlang der Mauer übrig geblieben. Den Brunnen hatten sie zuzementiert. Das Ziegeldach über dem ehemaligen Getreidespeicher war durch eine Terrasse mit einer

Brüstung aus Hohlziegeln ersetzt worden. Der Terrakottaboden aus verschiedenfarbigen Fliesen, die ein kaleidoskopartiges Muster ergeben hatten, lag nun verborgen unter Sandsteinplatten.

Die Möbel aus dem Haus waren für die engen Zimmer, die die drei Schwestern in den Häusern ihrer Schwiegereltern bezogen hatten, zu viele, und es wollte sie ohnehin niemand haben, alt und sperrig, wie sie waren, aus einer längst vergangenen Zeit. Nur Großmutter übernahm ihr Schlafzimmer, das sie als junge Braut gehabt hatte, weil sie in der Via Giuseppe Manno genau das gleiche haben wollte wie in ihrem Elternhaus.

Als sie die Reise nach Mailand antraten, glaubte Großmutter, dass die Verwandten inzwischen zu Wohlstand gekommen waren, denn ihre Schwester hatte geschrieben, dass Mailand eine großartige Stadt sei, wo es Arbeit für alle gab. Am Samstag gingen sie im Supermarkt einkaufen, schrieb ihre Schwester, und füllten ganze Einkaufswagen mit fertig abgepackten Lebensmitteln, es war Schluss mit der Sparsamkeit all der Jahre, in denen man genau abgezählte Scheiben vom Brotlaib schnitt, Mäntel und Jacken, ja sogar Kostüme wendete, wenn eine Seite abgetragen war, alte Pullover auftrennte, um die Wolle wiederzuverwerten, die Schuhe zigmal neu besohlen ließ, mit all dem war es nun vorbei; in Mailand gingen sie einfach in die großen Kaufhäuser, wenn sie Anziehsachen brauchten, und kleideten sich neu ein.

Das Einzige, was ihnen nicht gefiel, war das Klima, der Smog, der an den Armbündchen, den Blusenkragen und den Schürzchen, die die Mädchen in der Schule trugen, schwarze Ränder hinterließ. Ständig war ihre Schwester am Waschen, aber in Mailand gab es reichlich Wasser, es wurde nicht nur an wechselnden Tagen ausgegeben wie auf Sardinien, sondern man konnte es laufen und laufen lassen, ohne darauf achten zu müssen, dass man zuerst sich selbst wusch, ehe man dasselbe Wasser für die Wäsche verwendete, um schließlich das inzwischen wirklich schmutzige Nass den Abort hinunterzuspülen. In Mailand war es ein wahres Vergnügen, sich und die Wäsche zu waschen. Ansonsten hatte ihre Schwester nicht viel zu tun, wenn sie die Hausarbeit erledigt hatte, und selbst die war nicht der Rede wert, denn die Wohnungen waren recht klein, man musste bedenken, dass Millionen von Menschen auf einem begrenzten Platz lebten. Es war nicht wie auf Sardinien, wo die Leute in großen Häusern wohnten, die eigentlich viel zu geräumig waren, denn was sollte man mit dem ganzen Platz schon anfangen? Er machte den Frauen nur Arbeit und nichts als Arbeit. Kurz und gut, die Hausarbeit war schnell erledigt, und anschließend hatte ihre Schwester Zeit, in der großen Stadt herumzubummeln, sich die Läden anzuschauen und zu kaufen, kaufen und kaufen.

Meine Großeltern zerbrachen sich den Kopf darüber, was sie den reichen Verwandten in Mailand mitbringen konnten. Im Grunde genommen brauchten diese nichts. Also schlug Großmutter vor, ihnen eine Art Heimwehpaket zusammenzustellen, denn mochten sie auch noch so gut essen und sich kleiden, so würde ihnen mit ein paar sardischen Würsten und einem ordentlichen Stück Pecorino sardo, mit Wein aus der Marmilla, einem getrockneten

Schinken, *cardi sott'olio* – wilden Karden in Öl – und von der Großmutter gestrickten Pullovern für die Kinder der Duft der Heimat ins Haus wehen.

Ohne ihren Besuch anzukündigen, traten sie die Reise an. Es sollte eine Überraschung sein. Großvater hatte sich einen Stadtplan von Mailand kommen lassen und studierte gründlich das Straßennetz und die Routen mit den wichtigsten Sehenswürdigkeiten.
Um sich nicht zu blamieren, kleideten sie sich von Kopf bis Fuß neu ein. Großmutter kaufte sich Hautcreme von Elizabeth Arden, denn immerhin war sie jetzt in den Fünfzigern, und sie wollte, dass der Reduce – ihr Herz sagte ihr, dass sie sich wiedersehen würden – sie noch immer schön fand. Aber sie machte sich in dieser Hinsicht eigentlich keine Sorgen. Zwar besagte die landläufige Meinung, dass ein fünfzigjähriger Mann niemals eine gleichaltrige Frau anschauen würde, doch das war eine Auffassung, die nur aus irdischem Blickwinkel galt. Die Liebe war eine ganz andere Sache. Die Liebe scherte sich nicht um das Alter, Liebe war Liebe, basta.
Und das, was zwischen ihr und dem Reduce gewesen war, war genau diese Art von Liebe. Ob er sie auf Anhieb wiedererkennen würde? Welches Gesicht er wohl machen würde? In der Gegenwart von Großvater würden sie sich nicht umarmen, und wenn seine Frau oder seine Tochter dabei war, natürlich auch nicht. Sie würden sich die Hand geben und sich ansehen, lange ansehen. Ein Blick zum Sterben. Wenn sie jedoch eine Gelegenheit fand, allein in die Stadt zu gehen, und ihn dort traf, wäre das natürlich etwas ganz anderes. Dann würden sie sich in die Arme fal-

len, sich küssen und versuchen, mit ihrer Umarmung all die verlorenen Jahre nachzuholen. Und er bräuchte nur ein Wort zu sagen, und sie würde nicht mehr nach Hause zurückkehren, denn die Liebe war viel wichtiger als alles andere auf der Welt.

Bis auf ihren Kuraufenthalt in dem kleinen Thermalbad war Großmutter nie auf dem Festland gewesen. Trotz all dessen, was ihre Schwester geschrieben hatte, dachte sie, dass man sich in Mailand einfach so über den Weg lief wie in Cagliari. Sie war äußerst aufgewühlt, weil sie überzeugt war, dass sie den Reduce ohne Weiteres auf der Straße treffen würde.

Doch Mailand war riesengroß und mit all den wuchtigen, prunkvollen Wohnhäusern sehr hoch. Es war eine schöne Stadt, wenngleich grau, neblig, mit viel Verkehr, einem Himmel, der nur bruchstückhaft zwischen den kahlen Ästen der Bäume hindurchschimmerte, mit unzähligen Lichtern – von hell erleuchteten Geschäften, Autoscheinwerfern oder Ampeln –, dem Bimmeln und Rattern der Straßenbahnen, den vielen Menschen, die sich auf den Bürgersteigen drängten, die Gesichter hinter den hochgeschlagenen Kragen ihrer Mäntel vor dem unaufhörlichen Nieselregen verborgen.

Kaum waren sie am Hauptbahnhof aus dem Zug gestiegen, betrachtete Großmutter aufmerksam jeden Mann und hielt Ausschau nach dem einen großen, hageren mit dem zarten, schlecht rasierten Gesicht, dem Regenmantel, der seinen mageren Körper umhüllte, und der Krücke. Und es gab unzählige Männer, die ebenfalls ankamen oder in Züge stiegen, die in alle Welt fuhren, nach Paris, Wien,

Rom, Neapel, Venedig, und es beeindruckte sie, wie groß und reich die Welt war, aber ihn sah sie nicht.

Schließlich fanden sie die Straße und das Mietshaus, in dem die Schwester mit ihrer Familie wohnte, doch statt des modernen Hauses, einer Art Wolkenkratzer, den sie erwartet hatten, standen sie vor einem alten, heruntergekommenen Gebäude. Großmutter fand es wunderschön, auch wenn die Fassade ziemlich verfallen war und den Stuckputten die Köpfe fehlten, einige der Blütenranken abgebrochen waren, die Rollläden Holzstäbe eingebüßt hatten, an den Balustraden und Balkonen Stücke abgefallen und notdürftig durch Bretter ersetzt und zerbrochene Fensterscheiben durch Kartons ausgetauscht worden waren. Die Eingangstür war vollgekritzelt, die Namen der Bewohner standen nicht auf einzelnen unter Glas befindlichen Klingelschildern, sondern auf Zetteln, die wahllos neben der einzigen Klingel des Hauses angebracht waren. Dennoch waren sie sicher, vor dem richtigen Haus zu stehen, da seit einem Jahr die Briefe von ebendieser Adresse kamen. Sie klingelten, woraufhin sich eine Frau über die Balkonbrüstung einer Wohnung im ersten Stock lehnte. Sie sagte, dass die »Sarden« zu dieser Zeit nicht da seien, aber sie könnten hereinkommen und jemanden von den anderen »Südländern« fragen, wann sie nach Hause kämen. Und wer seien sie überhaupt? Ob sie eine Putzfrau suchten? Die Sarden seien jedenfalls die zuverlässigsten, und sie wohnten oben unter dem Dach.

Großmutter, Großvater und Papa betraten das Haus. Im Gang war es finster, und die abgestandene Luft war geschwängert vom Geruch der Gemeinschaftstoilette und dem Dunst von gekochtem Kohl. Die Treppe musste einmal fast majestätisch gewesen sein, sie schwang sich ausladend um einen großen freien Platz in der Mitte, aber sicherlich war sie von Bombenangriffen des letzten Krieges stark beschädigt worden, denn einige der Stufen schienen einsturzgefährdet zu sein. Großvater sagte, er würde vorgehen, dann drückte er sich vorsichtig an die Wand und betrat die erste Stufe, während er Papa an der Hand hielt und Großmutter ermahnte, den Fuß genau dahin zu setzen, wo er gegangen war. So stiegen sie die Treppe ganz hinauf, bis unters Dach. Aber Wohnungen gab es dort keine. Von dem langen, dunklen Korridor, der um die riesige Treppe herumlief, gingen zahlreiche Türen ab, hinter denen sich offensichtlich Abstellkammern befanden. Bei genauerem Hinsehen entdeckten sie jedoch Zettel mit Namen daran, und ganz hinten fanden sie einen mit dem Namen des Schwagers. Sie klopften an, doch niemand machte auf, stattdessen öffneten sich ein paar der anderen Türen, und Leute traten heraus. Als sie ihnen sagten, wer sie seien, gab es ein großes Hallo, und sie wurden eingeladen, mit in eine der Dachkammern zu kommen, um dort auf die Verwandten zu warten. Der Schwager war gerade mit seinem Lumpenwagen in der Stadt unterwegs, die Schwester bei ihrer Arbeit als Dienstmädchen in einem Haushalt, während die Kinder den ganzen Tag bei den Nonnen zubrachten. Sie forderten sie auf, auf dem Bett Platz zu nehmen, das unter dem einzigen Fenster stand, durch das man einen Fetzen grauen Himmels sah, und als Papa ins Bad wollte, verdrehte Großvater die Augen, denn es war offensichtlich, dass es keins gab.

Vielleicht sollten sie doch besser wieder gehen? Im Grunde genommen würden sie ihren armen, unseligen Verwand-

ten mit dem Besuch nur eine schreckliche Schmach berei-
ten. Aber nunmehr war es zu spät. Diese netten, herzlichen
Nachbarn, auch sie Süditaliener, hatten sie bereits mit
Fragen bombardiert, und wenn sie jetzt wieder gingen,
würden zu der Schmach noch Verachtung und Kränkung
kommen.

Also warteten sie, und der Einzige, der wirklich traurig wurde,
war Großvater. Papa hingegen war begeistert, denn in
Mailand, so hoffte er, würde er Noten finden, die es in
Cagliari mit Sicherheit nicht gab, die man dort erst bestellen
musste, um dann monatelang auf sie zu warten. Großmutter wollte ohnehin nur eines: den Reduce wiedersehen,
ein Moment, auf den sie seit jenem Herbst 1950 wartete.

Kaum hatten sie und ihre Schwester einander begrüßt, er-
kundigte sie sich nach den *case di ringhiera,* den historischen Mietshäusern, die von Balkongängen umgeben sei-
en und die sie gern sehen wolle, denn man habe ihr davon
erzählt. Ihre Schwester beschrieb ihr die Gegend, in der
sich besonders viele dieser Häuser befanden, und so bat
Großmutter ihren Mann, mit Papa allein die Scala, den
Dom, die Galleria Vittorio Emanuele II und das Castello
Sforzesco zu besichtigen und die Noten zu kaufen, die es
in Cagliari nicht gab.

Großvater war sicher nicht gerade begeistert von dieser
Idee, ließ sich aber nichts anmerken, wie immer, und legte
ihr keine Hindernisse in den Weg. Im Gegenteil, am nächsten Morgen zeigte er ihr auf dem Stadtplan die Straßen, in
denen sich jene Gebäude befanden, die sie so interessierten, auch sagte er ihr, welche Straßenbahn sie nehmen
müsse, gab ihr Telefonmünzen und versorgte sie mit den
Nummern, die sie wählen konnte, wenn sie sich verirrte,

sowie mit ausreichend Geld. Egal, was passierte, sie solle einfach Ruhe bewahren, zur Not die nächste Telefonzelle aufsuchen und ein Taxi bestellen, das sie sicher und schnell wieder zurückbrachte.

Großmutter war weder taktlos noch dumm oder gar böse, sie war sich sehr wohl im Klaren darüber, was sie im Begriff stand zu tun und dass sie Großvater Kummer bereitete. Das war das Letzte, was sie wollte, aber für ihre Liebe war sie zu allem bereit. Also machte sie sich bangen Herzens auf den Weg, das Haus zu suchen, in dem der Reduce wohnte. Sie war überzeugt, dass sie es finden würde – ein hohes Mietshaus mit kunstvoll behauenen Steinbalkonen an der Vorderseite, einem großen Tor davor und einem überdachten monumentalen Hauseingang. Auf der Rückseite blickten die Wohnungen auf einen riesigen Innenhof, wo sich schmale Balkongänge mit schmiedeeisernen Geländern etagenweise das Gebäude hinaufzogen. Der Reduce wohnte im Zwischengeschoss, wie sie wusste, und die Eingangstür ging auf eine kleine Treppe hinaus, die nur aus drei, vier Stufen bestand. Dort saß seine Tochter bei jedem Wetter und wartete auf ihn. Außerdem hatte die Wohnung vergitterte Fenster und zwei große, weiß gestrichene Zimmer, die keinerlei Spuren der Vergangenheit aufwiesen.

Mit wild pochendem Herzen, als wäre sie eine Verbrecherin, ging Großmutter in eine Bar. Dort bat sie um ein Telefonbuch, in dem sie den Nachnamen des Reduce nachschlagen wollte, aber obwohl er keinen Mailänder, sondern einen Genueser Namen hatte, waren Seiten um Seiten damit gefüllt.

So blieb ihre einzige Hoffnung, mit etwas Glück die Wohnsiedlung mit dem richtigen Haus zu finden. Doch es gab zahlreiche, nicht enden wollende Straßen mit dieser Art von Balkonhäusern! Also warf Großmutter auch einen Blick in die Geschäfte, die reich mit Waren bestückt waren – die gut sortierten Lebensmittelläden erinnerten sie an das Feinkostgeschäft Vaghi in der Via Bayle in Cagliari –, doch auch davon gab es unendlich viele, und alle waren voller Menschen. Großmutter hoffte trotzdem, in einem der Geschäfte dem Reduce zu begegnen, wenn er nach der Arbeit noch Besorgungen machte. Sie stellte sich vor, wie er plötzlich vor ihr stand, schön in seinem Regenmantel, der die magere Gestalt umhüllte, sie anlächelte und ihr sagte, dass auch er sie nicht vergessen und in seinem Herzen auf sie gewartet habe.

Währenddessen nahm Großvater Papa und die kleinen Nichten und Neffen mit in die Innenstadt, und im immer dichter werdenden Nebel fassten sich alle bei den Händen. Sie besuchten ein Café, setzten sich an einen Tisch und bestellten Eis von Motta. Danach gingen sie in die besten Spielwarengeschäfte der Stadt, und Großvater kaufte den Nichten und Neffen Lego-Baukästen, Spielzeugflugzeuge, die tatsächlich fliegen konnten, und einen Tischfußball. Später besichtigten sie den Dom und schlenderten anschließend durch die Galleria Vittorio Emanuele II, die berühmte Einkaufspassage, wo sie Tüteneis mit Sahne aßen. Noch heute erzählt mein Vater, wie schön diese Reise war, abgesehen vom einzigen Wermutstropfen, dass ihm sein Klavier fehlte.

Wenn Großmutter den Reduce gefunden hätte, wäre sie mit ihm geflohen, so wie sie war, mit nichts als ihren Kleidern am Leib, dem neuen Mantel, der Wollmütze, die sie über den Kopf gestülpt hatte, den eleganten Schuhen und der schicken Handtasche, die sie eigens für den Moment gekauft hatte, da sie ihn treffen würde, um dann besonders schön zu sein.

Für Papa und Großvater hätte es ihr natürlich sehr leidgetan, denn sie liebte sie, und sie würden ihr schrecklich fehlen. Sie tröstete sich mit dem Gedanken, dass die beiden ein Herz und eine Seele waren. Wenn sie zu dritt spazieren gingen, waren sie ihr immer einen Schritt voraus und in Gespräche vertieft, ebenso bei Tisch, während sie in der Küche den Abwasch erledigte. Als kleiner Junge wollte Papa meist, dass Großvater ihn zu Bett brachte, ihm eine Geschichte vorlas und ihn mit den beruhigenden Worten versorgte, die Kinder vor dem Einschlafen so gern hören.

Auch um Cagliari hätte es ihr leidgetan, die engen, dunklen Gassen des Castello, die sich unvermittelt zu einem Meer voller Licht hin öffneten, um die Blumen, die sie gepflanzt hatte und die im Frühjahr die Terrasse des Hauses in der Via Manno überfluten würden, und leid hätte es ihr um die Kleider getan, die im Mistral wehten, wenn sie sie draußen zum Trocknen aufhängte. Um den Strand von Poetto hätte es ihr leidgetan, den langen, wüstenähnlichen Streifen mit den weißen Dünen, an den sich klar und hell das Meer anschloss, in das man hinauslaufen konnte, ohne dass das Wasser je richtig tief wurde, während einem Fischschwärme um die Beine schwammen. Leid hätte es ihr um die Sommer in der hellblau und weiß gestreiften Strandhütte getan, um die *malloreddus* – die Gnocchetti sardi mit Tomatensoße und Wurst –, die sie nach dem Baden immer aßen. Leid hätte es ihr auch um ihr Dorf getan, mit seinem typischen Geruch nach verbranntem Holz, nach Ferkeln und Lämmern und nach dem Weihrauch in der Kirche, wenn sie an den Festtagen ihre Schwestern besuchen gingen.

Während Großmutter in derlei Gedanken versunken war, wurde der Nebel immer dichter. Die oberen Stockwerke der Wohnhäuser schienen von Wolken eingehüllt zu sein, und man musste schon fast in jemanden hineinlaufen, um sich zu vergewissern, dass es sich bei den Gestalten auf dem Bürgersteig nicht nur um Schatten handelte.

Auch an den folgenden Tagen waren die Straßen von Mailand in dichten Nebel gehüllt. Großvater fasste sie am Arm, während er mit der anderen Hand Papas Schulter umklammerte, der wiederum einen der kleineren Cousins an der Hand hielt, damit niemand verloren ging und sie dennoch in den Genuss all dessen kamen, was sich in der Nähe befand. Die anderen, weiter entfernten Dinge, die der Nebel unsichtbar machte, sah man eben nicht. In den Tagen, seit Großmutter aufgehört hatte, die Häuser mit den Balkongängen zu suchen, war Großvater von einer seltsamen Freude erfüllt. Er erzählte ständig Witze, sodass alle am Tisch lachten und selbst die Dachkammer nicht mehr ganz so trostlos und eng erschien, und wenn sie in der Stadt spazieren gingen, einer den anderen bei der Hand haltend, hätte auch Großmutter ihre Freude an seinen Einfällen gehabt, doch sie verspürte eine derartige Sehnsucht nach dem Reduce, dass es ihr beinahe die Luft abschnürte.

An einem jener Tage setzte sich in Großvaters Kopf die Idee fest, dass er ihr unbedingt ein neues Kleid kaufen wollte, ein wirklich schönes Kleid, das es wert war, dafür nach Mailand gereist zu sein. Er sagte sogar etwas, was er noch nie zuvor gesagt hatte: »Ich will, dass du dir etwas Schönes kaufst, meine Schöne.«

Und so blieben sie vor den Schaufenstern sämtlicher eleganter Geschäfte stehen, und Papa und die Cousins murrten, weil ihnen langweilig war, während Großmutter dieses und jenes Kleid anprobierte und sich mit unlustiger Miene im Spiegel betrachtete.

Die Chance, dem Reduce im nebelverhangenen Mailand zu begegnen, wurde von Tag zu Tag geringer, und so machte sich Großmutter rein gar nichts aus einem neuen Kleid, und doch wurde eines gekauft, eines aus Kaschmir mit pastellfarbenem Muster. Großvater wollte, dass sie sich im Geschäft den Haarknoten löste, um zu sehen, welches Bild all die Monde und blauen und rosa Sterne des Musters zusammen mit den schwarzen Haaren ergaben. Schließlich war er so zufrieden mit der Anschaffung, dass er darauf bestand, sie müsse das Kleid ab sofort jeden Tag tragen. Ehe sie sich im Geschäft wieder den Mantel anzog, musste sie sich im neuen Kleid vor ihm drehen, woraufhin er sagte: »Du bist wunderschön.«

Wie so vieles sollte sie sich auch das ihr Leben lang nicht verzeihen – dass sie nicht fähig war, jenen Satz zu erfassen und glücklich darüber zu sein.

Als der Moment des Abschieds kam, drückte sie die Wange an den Koffer und schluchzte, doch ihre Tränen galten nicht der Schwester, dem Schwager und den Nichten und Neffen. Warum nur, so fragte sie sich, hatte es das Schicksal nicht gewollt, dass sie den Reduce wiedersah? Er war sicherlich tot, eine andere Möglichkeit gab es nicht. Sie erinnerte sich wieder, dass sie in jenem Herbst 1950 anfangs gedacht hatte, im Jenseits zu sein. Und wie mager er gewesen war, und dieser zarte Hals, das amputierte Bein, die Haut und Hände eines Kindes, und der schreckliche Marsch nach Osten, den er mitgemacht hatte, und das Konzentrationslager, in dem er gefangen war, und die Schiffbrüche, die er erlebt hatte, und dann der Verdacht, dass der Vater seiner Tochter womöglich ein Nazi war: Mit einem Mal spürte sie ganz deutlich, dass er gestorben war. Wenn dem nicht so wäre, hätte er sich auf die Suche nach ihr gemacht, schließlich wusste er, wo sie wohnte, und Cagliari war nicht Mailand. Unmöglich konnte der Reduce noch leben, und deshalb weinte sie jetzt.

Großvater fasste sie unter den Achseln, zog sie hoch und führte sie zu dem einzigen Bett in der Mansarde, das unter dem Fenster stand. Während sie dort saß, versuchten alle, sie zu trösten. Sie drückten ihr ein Glas in die Hand, um zum Abschied miteinander anzustoßen, und die Schwester und der Schwager sagten, sie würden darauf trinken, dass sie sich in besseren Zeiten wiedersähen. Aber Großvater wollte nicht auf bessere Zeiten anstoßen, sondern auf die Reise, die jetzt zu Ende ging, auf die zurückliegenden Tage, da sie alle zusammen gewesen seien und gut gegessen und ihren Spaß gehabt hätten.

Das Glas in der Hand, dachte Großmutter, dass der Reduce vielleicht doch noch am Leben sei. Immerhin hatte er so viele Scheußlichkeiten überlebt, warum sollte er nicht auch im normalen Leben davonkommen? Und dann dachte sie, dass noch eine Stunde Zeit sei, sie mussten erst mit der Straßenbahn zum Bahnhof fahren, und der Nebel verzog sich allmählich.

Doch die verbleibende Zeit zerrann unerbittlich, und als sie schließlich am Hauptbahnhof ankamen, mussten sie sich schon beeilen, denn der Zug nach Genua, wo sie das Schiff besteigen würden, fuhr in Kürze ab. Dann würde jenes Leben wieder seinen Lauf nehmen, in dem man morgens die Blumen auf der Terrasse goss, dann das Frühstück richtete, dann das Mittagessen vorbereitete und dann das Abendessen, und wenn man seinen Mann und Sohn schließlich fragte, wie der Tag gewesen sei, erhielt man als Antwort: »Normal. Völlig normal. Du kannst ganz beruhigt sein.« Nie erzählten sie, wie der Tag wirklich gewesen war, in allen Einzelheiten, so wie es der Reduce getan hatte. Und sagte einem der Ehemann, dass man die einzige Frau für ihn sei, die Frau, auf die er immer gewartet habe, und dass sich in jenem Mai 1943 sein Leben verändert habe? Nie sagte er dergleichen, obwohl sie ihre Leistungen zusehends perfektioniert hatte und man all die Nächte im selben Bett schlief.

Wenn Gott sie jetzt also partout nicht den Reduce wiedersehen lassen wollte, würde sie sich eben umbringen. Der Bahnhof war schmutzig, der Boden mit Papier und Speichelflecken übersät. Während sie auf einer Bank saß und ihr Mann und Sohn in der Schlange vor dem Schalter warteten, um die Fahrkarten zu kaufen – nie kam es Papa in den Sinn, ihr Gesellschaft zu leisten, er zog es sogar vor, mit Großvater in einer Schlange zu stehen –, bemerkte sie einen Kaugummi, der an der Bank klebte, und Toilettengestank drang ihr in die Nase, und plötzlich überkam sie ein unendlicher Ekel gegenüber Mailand, das ihr mit einem Mal hässlich vorkam, so wie ihr die ganze Welt hässlich erschien.

Sie folgte Großvater und Papa, die sich angeregt unterhielten, auf die Rolltreppe zu den Bahngleisen und dachte, dass die beiden es nicht einmal bemerken würden, wenn sie jetzt einfach kehrtmachte. Der Nebel hatte sich vollends verzogen. Sie würde weiterhin alle widerlichen Straßen der Welt nach dem Reduce absuchen, mochte auch bald der Winter hereinbrechen, sie würde sogar betteln gehen und, wenn es sein musste, auf einer Parkbank schlafen, und falls sie an einer Lungenentzündung starb oder verhungerte, umso besser.

Also ließ sie Koffer und Pakete los und lief auf der Rolltreppe in die andere Richtung. Während sie mit den Menschen zusammenstieß, die nach oben fuhren, rief sie immer wieder: »Entschuldigung! Entschuldigung!«, doch am unteren Ende brachte die Rolltreppe sie zum Stolpern und verschluckte einen Schuh und einen Fetzen ihres Mantels, zerriss ihr wunderschönes neues Kleid, die Strümpfe und die Wollmütze, die ihr vom Kopf gefallen war, zerkratzte ihr Hände und Beine, und schließlich war sie fast überall mit Schrammen übersät.

Zwei Arme halfen ihr, sich wieder aufzurichten. Großvater war hinter ihr hergestürzt, und jetzt hielt er sie fest und streichelte sie, als wäre sie ein Kind: »Es ist nichts passiert«, murmelte er, »es ist nichts passiert.«

Zu Hause angekommen, machte sich Großmutter daran, die schmutzige Wäsche zu waschen, die sich während der Reise angesammelt hatte: Hemden, Kleider, Pullover,

Socken, Unterhosen, alle neuen Kleidungsstücke, die sie für ihren Besuch in Mailand gekauft hatten. Nun, da es ihnen gut ging, besaß Großmutter eine Waschmaschine der Marke Candy, die zwei Programme für Bunt- und Feinwäsche hatte. Sie teilte die Sachen in mehrere Häufchen: jene Kleidungsstücke, die bei hoher Temperatur gewaschen werden konnten, und jene, die nur geringe Hitze vertrugen. Aber vielleicht war sie mit den Gedanken ganz woanders, wer weiß, jedenfalls ruinierte sie die gesamte Wäsche.

Papa hat mir erzählt, dass sie ihn und Großvater daraufhin schluchzend umarmte, dann in die Küche ging und zwei Messer holte, von denen sie jedem eines in die Hand drückte, mit der Aufforderung, sie zu töten. Als dies nicht geschah, zerkratzte sie sich das Gesicht und warf sich auf den Boden.

Später hörte mein Vater, wie Großvater die Tanten anrief und ihnen erzählte, dass Großmutter es nicht verkraftet habe, zu sehen, was für ein tristes Leben die jüngste und verhätschelte Schwester in Mailand führte. Hier auf Sardinien lebten die Kleinbauern zwar ebenfalls sehr bescheiden, aber immerhin in Würde und von allen respektiert, meinte Großvater. Nur die verfehlte Agrarreform habe sie ja in den Ruin getrieben, sodass etliche in den Norden hätten emigrieren müssen. Dort arbeiteten die Frauen nun als Dienstmädchen – die größte Demütigung für einen Mann –, und die Männer atmeten die giftigen Abgase in den Fabriken ein, waren schutzlos ihren Arbeitgebern ausgeliefert und erfuhren keinerlei Respekt, und die Kinder schämten sich in der Schule wegen ihrer sardischen

Namen, die so viele »u« enthielten. Auf diese Zustände sei er überhaupt nicht gefasst gewesen, schließlich hätte seine Schwägerin geschrieben, wie gut es ihnen gehe. Deshalb wollten sie ihnen mit ihrem Überraschungsbesuch eine Freude machen, doch die Verwandten hätten sich in Grund und Boden geschämt.

Die Kinder hätten sich über die Würste und den Schinken hergemacht, als hätten sie seit weiß Gott wie langer Zeit nichts mehr zu essen gehabt, und seinem Schwager seien, als er den Käse aufgeschnitten und den Wein entkorkt habe, die Tränen gekommen. Er habe gesagt, dass er Großvater das nie vergessen werde, ebenso wenig wie die Tatsache, dass er damals, als das Erbe aufgeteilt wurde, auf Großmutters Anteil verzichtet hatte. Und was habe es ihnen genützt? Nichts. Sie dachten, dass sie auf dem Stückchen Land kein Auskommen hätten, doch nun zeigte sich, dass diejenigen, die auf Sardinien geblieben waren, besser dran waren als sie.

Großmutter habe all das noch immer nicht verwunden, nun ja, die Schwestern wüssten ja, wie sie sei. Außerdem habe sie heute gehört, dass Präsident Kennedy in Dallas ermordet worden sei, und da habe sie einen Berg Wäsche ruiniert, der ein ganzes Monatsgehalt wert sei. Aber das sei ihm egal, das Geld komme und gehe. Viel schlimmer sei, dass er nicht wisse, wie er sie beruhigen könne, und dass der Junge vollkommen schockiert sei. Sie sollten doch bitte nach Cagliari kommen, umgehend, mit dem nächsten Omnibus.

Meiner Großtante und ihrer Familie in Mailand ging es bald besser. Aus der Dachkammer zogen sie in den Vorort Cinisello Balsamo, und mein Vater, der sie stets besuchte, wenn er auf Konzertreise in der Stadt war, berichtete, dass sie nun in einem hohen Haus voller Emigranten wohnten. Es sei zwar wieder nur eine Mietskaserne unter vielen in einem großen Gebäudekomplex, aber wenigstens hatten sie jetzt ein Bad, eine Küche und einen Aufzug. Von Emigranten könne man im Grunde auch nicht mehr sprechen, denn sie betrachteten sich inzwischen als Mailänder, niemand bezeichne sie mehr abfällig als Südländer. Es gebe jetzt eine ganz andere Front, und zwar zwischen den Roten und den Schwarzen von San Babila, den jungen Rechtsextremisten, welche die Sanbabiliani genannt wurden, weil sie auf der Piazza San Babila bewaffnet gegen den politischen Gegner zogen. Auch die Kinder prügelten bei diesen blutigen Auseinandersetzungen mit und wurden verprügelt, während Papa ins Konservatorium Giuseppe Verdi ging, die Tasche voller Noten, denn für Politik interessierte er sich nicht im Geringsten. Papa erzählte mir auch, dass zwischen ihm und den Cousins immer wieder Streit entflammte. Stets ging es um Politik oder um Sardinien. Die Cousins stellten dumme Fragen wie: »Was ist denn das für grobes Zeug?«, wenn Papa ihnen einen Pullover aus wunderbarer Schafwolle mitbrachte, den Großmutter gestrickt hatte. Oder: »Bewegt ihr euch da unten eigentlich noch auf Eseln fort?« Oder: »Wisst ihr überhaupt, was ein Waschbecken ist? Und haltet ihr die Hühner noch immer auf dem Balkon?«
Zuerst lachte Papa über derlei Schwachsinn nur, dann begann er sich zu ärgern und sagte schließlich, sie könnten

ihn mal kreuzweise, obwohl er ein gebildeter und friedlie-
bender Pianist ist. Seine Cousins konnten ihm nicht verzeihen, dass er sich nicht für Politik interessierte, dass er die
Bürgerlichen nicht hasste, dass er noch nie im Leben einen
Faschisten verprügelt hatte und noch nie von einem verprügelt worden war. Sie hingegen brüsteten sich, dass sie –
damals noch kleine Jungen – zu den Versammlungen des
Studentenführers Mario Capanna gegangen seien, im Mai
1969 an den Demonstrationen teilgenommen und 1971 die
Statale, die Universität von Mailand, besetzt hätten.
Trotz aller Unterschiede mochten sich Papa und die
Cousins jedoch, und nach jeder Auseinandersetzung vertrugen sie sich wieder. Es war jener legendäre November
im Jahr 1963, der sie zusammengeschweißt hatte, als sie in
der engen Mansarde zusammenlebten und ab und zu gemeinsam über die Dächer streiften. Sobald die Eltern weg
waren – der Onkel aus Mailand mit dem Karren unterwegs, um Lumpen zu verkaufen, wobei ihn der Onkel aus
Cagliari manchmal begleitete, die Tante aus Mailand bei
ihren Herrschaften, während die Tante aus Cagliari, verrückt wie immer, die Architektur der *case di ringhiera* studierte, auf dem Kopf die unvergessliche Wollmütze, die sie
über ihren sardischen Haarknoten gestülpt hatte –, waren
sie einfach aus dem einzigen kleinen Fenster geklettert.

Großmutter erzählte mir später, dass ihre Schwester aus
Mailand sie einmal angerufen habe, weil sie sich Sorgen
wegen Papa machte; der Junge sei so weltabgewandt, so
ganz in seine Musik versunken. Mädchen interessierten
ihn nicht, während ihre Söhne, die noch jünger seien als
der Cousin, bereits Freundinnen hätten. Auch die Tat-

sache, dass Papa nicht mit der Mode ging, beunruhigte sie – er hatte kurze Haare, während alle anderen Jungen ihre Haare lang trugen, außer den Faschisten, und ein Faschist sei der Arme ja sicher nicht. Sie konnte nicht wissen, dass Papa die Haare so trug, damit sie ihm beim Klavierspielen nicht über die Augen fielen. Meine Großtante machte sich wirklich Sorgen um ihn, so ganz ohne Mädchen und immer nur mit seinen Noten.

Nachdem sie den Hörer aufgelegt hatte, fing Großmutter an zu weinen, weil sie wieder fürchtete, ihrem Sohn jene Art von Verrücktheit vererbt zu haben, die die Liebe in die Flucht schlägt. Er war schon als Kind immer allein gewesen, ohne jemals eingeladen zu werden, ein widerborstiger Junge, bisweilen auch übertrieben gefühlvoll, mit dem die anderen nichts zu tun haben wollten. Als er dann in die Oberstufe ging, wurde es besser, wenn auch nicht wesentlich. Großmutter versuchte, ihm klarzumachen, dass es außer der Musik noch andere Dinge auf der Welt gebe, und sprach auch mit Großvater, doch der lachte nur. Beide erinnerten sich noch gut an den Abend des 21. Juli 1969, als Armstrong den Mond betrat, während ihr Sohn keine Minute aufhörte, die Variationen von Paganini, Opus 35 von Brahms zu üben, für das Konzert, das am Semesterende bevorstand.

# 12

Als sich Großmutter bewusst wurde, nunmehr alt zu sein, sagte sie mir, dass sie Angst vorm Sterben habe. Nicht vor dem Tod an sich, den stellte sie sich vor wie den Schlaf oder wie eine Reise, sondern weil Gott ziemlich böse auf sie sein musste. Er hatte ihr so viel Schönes im Leben gegeben, und sie hatte es trotzdem nicht fertiggebracht, glücklich zu sein, und das konnte Gott ihr unmöglich verziehen haben. Im Grunde genommen hoffte sie, tatsächlich verrückt zu sein, denn wenn sie geistig gesund war, dann wäre ihr die Hölle sicher.

Allerdings würde sie mit Gott diskutieren, ehe er sie in die Hölle schickte. Sie würde ihn darauf hinweisen, dass ein Mensch, den er mit einem gewissen Charakter erschaffen habe, doch nicht so tun könne, als wäre er ein anderer. Sie habe sich mit ganzer Kraft davon zu überzeugen versucht, dass ihr Leben das bestmögliche sei, nicht jenes andere Leben, nach dem sie sich bisweilen so sehr in Sehnsucht verzehrte, dass es ihr die Luft abschnitt. Und für gewisse Dinge habe sie Gott um Vergebung gebeten: dafür, dass sie das Kaschmirkleid, das Großvater ihr in Mailand gekauft hatte, auf der Rolltreppe am Bahnhof zerrissen habe; dafür, dass sie den Kaffee für Großvater im ersten Jahr ihrer Ehe immer am Fuß des Bettes abgestellt hatte, so als handelte es sich um den Fressnapf eines Hundes; für ihre Unfähigkeit, die Tage am Meer zu genießen, weil sie sich die ganze Zeit vorstellte, der Reduce würde zum Poetto kommen, behände trotz seiner Krücke.

Um Vergebung bat sie auch für jenen Tag im Winter, als Großvater mit einem ganzen Haufen Wanderkleidung nach Hause gekommen war, die er sich von wem auch immer ausgeliehen hatte, und ihr vorschlug, zusammen mit Papa eine Wanderung auf dem Supramonte zu machen. Obwohl Großmutter noch nie im Gebirge gewesen war, hatte sie nur eine unverhohlene Abneigung gegen die Unternehmung empfunden, die von seinem Büro für die Salinenbelegschaft organisiert wurde, und hätte ihm die lächerliche Wanderkleidung am liebsten aus den Händen gerissen. Aber er, dickköpfig wie er war, hatte nicht aufgehört zu beteuern, dass ein richtiger Sarde seine Insel kennen müsse.

Für sich selbst hatte Großvater nur ein Paar hässlicher

Wanderschuhe, eine lange Turnhose und einen schweren, groben Pullover vorgesehen, auch der äußerst unansehnlich, während die besseren Sachen ihr und dem Kind zugedacht waren. Schließlich sagte Großmutter lustlos: »Also gut«, und machte sich daran, für den kommenden Tag belegte Panini vorzubereiten, während Großvater, der ihr sonst immer half, sich plötzlich ans Klavier von Donna Loretta und Donna Fanni setzte und darauf herumklimperte, Gott weiß, warum. Sie gingen zeitig zu Bett, denn um fünf Uhr in der Früh mussten sie am Treffpunkt sein, um von dort mit dem Bus nach Orgosolo zu fahren. Danach würden sie als Erstes nach Punta sa Pruna steigen, den Foresta Montes passieren, anschließend zum megalithischen Rundgrab von Dovilino wandern, um dann die Berge zu überqueren, die das Gennargentu mit dem Supramonte verbinden, bis nach Mamoiada.

Die ganze Landschaft war schneebedeckt, und Papa war außer sich vor Freude, während Großvater schon nach wenigen Metern mit den Zähnen klapperte und die anderen der Gruppe ihm rieten, sich in einem Dorfgasthof an den warmen Kamin zu setzen, Kartoffelravioli und Spanferkel zu essen und einen *fil'e ferru*, einen Grappa, zu trinken, statt die Wanderung mitzumachen. Aber er, stur wie immer, wollte nichts davon hören. Sie mussten unbedingt die Berge Sardiniens kennenlernen, ausgerechnet sie, Leute vom Meer und aus dem Flachland.

Der Foresta Montes, einer der wenigen naturbelassenen Wälder Sardiniens, dessen jahrhundertealte Steineichen nie gefällt worden waren, war eingetaucht in völlige Stille und von einer dichten, unberührten Schneedecke überzogen, die ihnen bis zu den Knien reichte. Es dauerte nicht lange, und Großvaters Schuhe und Hosenbeine waren vollkommen durchnässt, doch er ging schweigend weiter, ohne jemals innezuhalten, und schritt im gleichen Rhythmus aus wie die anderen. Großmutter indessen war vorausgeeilt, so als hätte sie weder Mann noch Kind dabei, doch als sie eine Talsohle erreichten, wo sich der Lago di Oladi ausbreitete, der mit seiner türkisfarbenen Eisschicht und in seiner unendlichen Einsamkeit aussah wie von einer anderen Welt, blieb sie stehen, um auf Großvater und Papa zu warten.

»Schaut nur! Schaut, wie schön er ist!«

Auch als sie den Wald mit den Stieleichen durchquerten, die sich mit ihren unglaublich zarten Stämmen ineinander verschlingen und von Moschus bedeckt sind, der aussieht wie Schneeflocken, blieb sie begeistert stehen, steckte einige der fantastisch anmutenden Blätter ein und pflückte einen Strauß wilden Thymians, um die Fleischbrühe damit zu verfeinern, sobald sie wieder in Cagliari wären. Dann bemühte sie sich, ihren Schritt in den schönen, fellgefütterten Stiefeln dem von Großvater in seinen hässlichen, durchnässten Schuhen anzupassen, denn sie war nicht mehr böse auf ihn, im Gegenteil: Sie bedauerte sehr, dass sie ihn nicht lieben konnte. Es tat ihr unendlich leid, es bedrückte sie so heftig, dass sie sich wieder einmal fragte, warum Gott die Dinge in der Liebe, der Hauptsache im Leben, auf so absurde Weise eingerichtet hatte. Man konnte sich noch so viel Mühe geben – wenn sich die Liebe nicht einstellen wollte, war alles umsonst. Man konnte auch ein richtiges Arschloch sein, so wie sie, die ihm nicht einmal ihren Schal lieh. Er dagegen folgte ihr halb erfroren im Schnee und ließ sich die Gelegenheit entgehen, die berühmten Kartoffelravioli und Spanferkel vom Spieß zu genießen, obwohl er doch so gern aß.

Während der Rückfahrt plagte sie das schlechte Gewissen so sehr, dass sie in der Dunkelheit des Busses den Kopf an seine Schulter lehnte und ihr ein Seufzer entwich: »Ach!« Dann durchfuhr sie ein gehöriger Schreck, denn Großvater fühlte sich wie ein Toter an, so starr und kalt wie er war.

Zu Hause ließ sie ihm in der Badewanne heißes Wasser ein und bereitete das Abendessen vor, und sie erschrak erneut, als sie sah, wie viel Großvater trank. Doch er trank nicht mehr als sonst, nur hatte sie es bisher nicht bemerkt.

In der Nacht wurde es jedoch wunderschön, viel schöner als je zuvor. In ihrem alten Unterrock und dem Morgenmantel hatte sie Papa ins Bett gebracht und war dann in die Küche gegangen, um noch einen Apfel zu essen und ihren Gedanken nachzuhängen. Da kam Großvater herein und schloss die Tür hinter sich ab, um sicherzugehen, dass das Kind sie nicht überraschte, wenn sie ihr Bordellspiel spielten. Er wies sie an, ihren Morgenmantel und den Unterrock auszuziehen und sich nackt auf den noch nicht abgedeckten Tisch zu legen, so als wäre sie sein Leibgericht. Er hatte den Ofen entzündet, damit ihr nicht kalt wurde, und begann jetzt zum zweiten Mal mit dem Abendessen, wobei er sich ausgiebig an Gottes Gaben bediente. Er streichelte und massierte sie überall, und ehe er von etwas probierte, zum Beispiel von der herrlichen sardischen Wurst, die sie in einem Dorf gekauft hatten, steckte er es in ihre Muschi, denn das war das Wort, das man im Bordell benutzen musste, wie sie gelernt hatte. Sie genoss es so sehr, dass sie vor Lust hätte sterben können. In dem Moment war es ihr egal, ob sie ihn liebte oder nicht, sie wollte nur, dass dieses Spiel nie aufhörte.

»Ich bin deine Hure«, stöhnte sie.

Dann goss Großvater Wein über ihren ganzen Körper und leckte und saugte, vor allem an den großen, festen Brüsten, nach denen er verrückt war.

Doch plötzlich wollte er sie bestrafen, vielleicht für ihr Verhalten bei der Wanderung oder wofür auch immer – bei Großvater wusste man das nie so genau. Er löste den Gürtel aus den Schlaufen seiner Hose, befahl ihr, auf allen vieren wie eine Hündin auf dem Küchenboden herumzurutschen, und begann, sie zu schlagen, jedoch nicht fest, um ihr nicht wehzutun und keine Striemen auf ihrem herrlichen Hintern zu verursachen. Unter dem Tisch streichelte Großmutter ihn und nahm ihn in den Mund, worin sie inzwischen eine Expertin war. Immer wieder unterbrach sie sich, um ihn zu fragen, ob sie eine gute Hure sei und wie viel Geld sie schon verdient habe, und sie wünschte sich, dass dieses Spiel nie zu Ende ging.

Sie spielten es noch sehr lange, und als Großvater seine Pfeife rauchte, kroch Großmutter an den äußersten Rand ihres Bettes und schlief augenblicklich ein.

# *13*

Die erste Nacht, die Großmutter mit dem Reduce verbrachte, war hingegen voller Gefühle gewesen, weil sie endlich die wichtigste Sache der Welt entdeckt hatte. Sie war lange wach geblieben und hatte den kleinsten Lichtschimmer genutzt, der durch das Fenster fiel, um ihn zu betrachten. Wenn er zusammenzuckte, so als hätte er im Traum Schüsse gehört oder Bomben, die auf sein Schiff abgeworfen wurden und es auseinanderrissen, berührte sie ihn ganz sanft mit dem Finger, und der Reduce reagierte, indem er sie an sich zog, sodass er ihr selbst im Schlaf ganz nah war. Da nahm Großmutter all ihren Mut zusammen und kuschelte sich in die Wölbung, die sein Körper beschrieb, legte seinen Arm unter ihren Nacken und seine Hand über ihren Kopf. Diese Stellung, die sie noch nie zuvor erlebt hatte, gefiel ihr so gut, dass sie einfach nicht verstehen konnte, wie man einschlafen sollte, wenn man so glücklich war. Ja, sie fragte sich, ob es nicht möglich sei, dass die Verliebten ohne Schlaf auskämen. Oder ob nicht auch Verliebte ab einem gewissen Punkt das Bedürfnis verspürten, zu essen und zu schlafen.

Das schwarze Heft mit dem roten Rand hatte jetzt der Reduce, der es las und sich als strenger Lehrer erwies. Für jeden Rechtschreibfehler, jede Wortwiederholung oder sonstige Nachlässigkeit gab er ihr einen Klaps auf den Hintern, zerzauste ihr die Haare und forderte sie auf, alles noch einmal zu schreiben. »Das ist ein Fehler! Ein Fehler!«, sagte er mit jenem geschlossenen »e«, wie es für die Aussprache der Genueser und Mailänder typisch ist, und Großmutter war kein bisschen böse auf ihn, im Gegenteil, diese Lektionen machten ihr viel Spaß.

Verrückt war sie auch nach der klassischen Musik, die er ihr vorsummte, indem er sämtliche Instrumente eines Orchesters imitierte. Nach einer gewissen Zeit brachte er ihr dasselbe Stück abermals zu Gehör und fragte sie nach dem Titel und dem Komponisten.

Sie liebte es ebenfalls, wenn er ihr Arien vorsang, egal ob für Männer- oder Frauenstimme, oder Gedichte aufsagte, zum Beispiel von einem Lyriker namens Giorgio Caproni, seinem früheren Schulfreund. Dessen Verse gefielen Großmutter ganz besonders, weil sie sie nach Genua versetzten, wo sie noch nie gewesen war, doch sie hatte den Eindruck, als ähnelten die Orte in den Gedichten alle ein wenig

Cagliari. So wirkte auch ihre Heimatstadt *vertikal*, wenn man auf dem Meer im Hafen ankam: Einmal, als sie mit dem Boot von Sant' Efisio nach Cagliari zurückfuhr, sah es aus, als wären die Häuser übereinandergebaut. Genua musste so ähnlich sein wie Cagliari, wenn sie der Beschreibung des Reduce oder seines Dichterfreunds folgte – oder der jenes anderen Dichters namens Dino Campana, der in einem Irrenhaus gestorben war, der Arme. Für ihn war Genua *dunkel und labyrinthisch und geheimnisvoll und feucht*, bis es sich unvermittelt zum *mediterranen Licht* hin öffne, das in gleißenden Bahnen hereinfalle. Auch wenn man in Eile sei, könne man nicht umhin, sich an eine Mauer oder ein schmiedeeisernes Geländer zu lehnen und den Himmel, das Meer und die Sonne in sich aufzunehmen, alles so unendlich *reich*. Und wenn man den Blick weiter hinaufwandern lasse, sehe man die Dächer der Häuser, die Terrassen mit den Geranien und die Wäsche, die zum Trocknen an den Leinen hängt, die Agaven an den Abhängen und das Leben der Menschen, das dir klein und flüchtig vorkommt, aber auch voller Freude.

Von den Leistungen der Großmutter bevorzugte der Reduce jene der Geisha, die schwierigste. Während sie bei Großvater damit durchkam, dass sie ihm aufzählte, was es zum Abendessen gab, wollte der Reduce raffiniertere Geschichten, Beschreibungen des Strands von Poetto oder Cagliaris oder ihres Heimatdorfs, Erzählungen aus ihrem Alltag und ihrer Vergangenheit oder darüber, welche Empfindungen sie damals im Brunnen verspürte. Er stellte Fragen über Fragen und ließ nicht locker, ehe er nicht detaillierte Antworten bekam.

Auf diese Weise befreite sich Großmutter aus ihrer Schweigsamkeit und mochte bald gar nicht mehr aufhören, beispielsweise von den schneeweißen Dünen des Strandes von Poetto und ihrer himmelblau und weiß gestreiften Strandhütte zu erzählen, bei der man sich im Winter nach Stürmen vergewissern musste, ob sie noch stand; Berge weißen Sands blockierten dann den Eingang, und wenn man die Hütte von der Strandlinie aus betrachtete, hatte man wirklich den Eindruck, eine Winterlandschaft vor sich zu haben, insbesondere wenn es kalt war und man Handschuhe, Wollmantel und Hut trug und alle Fenster der Strandhäuschen zugenagelt waren. Nur die blauen, orangefarbenen und roten Streifen der Hütten und das Meer im Rücken, das man spürte, auch wenn man es nicht sah, sagten einem, dass die winterliche Szenerie nur vorgegaukelt wurde.

Im Sommer verbrachten sie ihre Ferien dort, auch die Nachbarinnen aus der Via Sulis kamen mit ihren Kindern zu Besuch und brachten alles Nötige in einem Handkarren mit. Großmutter besaß ein Kleid eigens für den Strand, es hatte vorn durchgängig Knöpfe und große bestickte Taschen. Die Männer hingegen trugen Pyjamas oder Frotteebademäntel, wenn sie sich sonntags oder in den Ferien dort aufhielten, und alle hatten sich die gleiche Sonnenbrille gekauft, einschließlich Großvaters, obwohl er immer sagte, dass jemand mit Sonnenbrille wie ein Lackaffe aussehe.

Wie sehr sie Cagliari und das Meer und ihr Heimatdorf mit seinen Gerüchen nach Holz, Kaminfeuer, Pferde-äpfeln, Getreide, Tomaten und frisch gebackenem Brot liebte!

Aber nichts liebte sie so sehr wie den Reduce. Er gefiel ihr mehr als alles andere.

Wenn sie mit ihm zusammen war, fühlte sie keinerlei Scham, ja, sie schämte sich nicht einmal, mit ihm gemein-sam Pipi zu machen, um die Steine hinauszuspülen. Ihr ganzes Leben lang hatte man ihr gesagt, dass sie wirke, als stamme sie von einem Dorf im Mond. Jetzt hatte sie das Gefühl, endlich jemanden getroffen zu haben, der aus der-selben Gegend kam, und als sei das die Hauptsache im Leben, etwas, das ihr bisher gefehlt hatte.

Tatsächlich geschah es nach der Thermalkur nicht mehr, dass Großmutter ihre selbst gemalten Wandbordüren – die in der Via Manno sind noch heute zu sehen – mit Schmierereien zerstörte oder dass sie ihre Stickereien zer-riss. Ihre Handarbeit ziert noch immer meine Kinderschür-ze, die, so Gott will – und ich hoffe so sehr, dass er will –, eines Tages meine Kinder tragen werden.

Und auch dem Kind, das in Großmutters Bauch heran-wuchs, meinem Vater, fehlte die Hauptsache im Leben nicht.

Das schwarze Heft mit dem roten Rand hatte sie dem Reduce geschenkt, weil sie von nun an nicht mehr zum Schreiben kommen würde. Es war Zeit, mit dem Leben zu beginnen. Denn der Reduce war nur ein Augenblick gewesen, doch das Leben der Großmutter bestand auch aus vielen anderen Dingen.

# 14

Kaum war Großmutter nach Hause in die Via Sulis zurückgekehrt, wurde sie schwanger. Während ihrer Schwangerschaft hatte sie keine einzige Nierenkolik. Als der
Bauch dicker wurde, ließen Großvater und die Nachbarinnen es nicht mehr zu, dass sie auch nur einen Finger
krumm machte, und behandelten sie wie *cummenti su
nènniri* – frisch aufgegangene Getreidesprösslinge. Für
meinen Vater stand eine Schaukelwiege aus himmelblau
gestrichenem Holz bereit, die wie alle Babysachen erst im

letzten Moment angefertigt worden war, um ja kein Unglück heraufzubeschwören.

Als Papa ein Jahr alt wurde, beharrte Großvater auf einem großen Fest, das in der Küche stattfand. Auf dem Tisch lag eine handbestickte Decke, er hatte einen Fotoapparat gekauft und konnte endlich – der Arme! – eine amerikanische Geburtstagstorte aus Buttercreme und Schokoladenbiskuit genießen, mit einer Kerze darauf. Großmutter ist auf keinem der Fotos zu sehen. Als sie anfingen, *Tanti auguri a te* zu singen, floh sie ins Schlafzimmer, wo sie vor lauter Rührung weinte. Und als alle ihr folgten und sie dazu bewegen wollten, wieder herauszukommen, sagte sie immerzu, sie könne noch gar nicht glauben, dass sie ein Kind geboren und nicht nur Steine ausgeschieden habe. Da sie fortfuhr, bitterlich zu weinen, fürchteten Großvater und die beiden Schwestern, die aus dem Dorf gekommen waren, dass sie jeden Moment wieder einen ihrer Anfälle bekommen könnte und so alle von ihrer Verrücktheit erfahren würden. Stattdessen stand Großmutter jedoch vom Bett auf, trocknete sich die Augen, kehrte in die Küche zurück und nahm ihr Kind auf den Arm. Trotzdem ist sie auf keinem der Fotos zu sehen, weil sie sich mit ihren aufgequollenen Augen hässlich fühlte und am ersten Geburtstag ihres Sohns schön sein wollte.

In der Folge wurde Großmutter noch mehrmals schwanger, aber allen Embryos, die Geschwisterchen meines Vaters hätten werden sollen, fehlte wohl jene Sache, auf die es ankam. Deshalb wollten sie anscheinend nicht geboren werden und machten in den ersten Monaten der Schwangerschaft wieder kehrt.

1954 zogen sie in die Via Manno um. Sie waren die Ersten,

die das Gemeinschaftshaus in der Via Sulis verließen, und obwohl die Straßen nur einen Katzensprung voneinander entfernt sind, hatten sie anfangs Heimweh. Deshalb lud Großvater die alten Nachbarn sonntags in ihr neues Haus ein, wo er auf der Terrasse Fische oder Würstchen grillte und Brot mit Olivenöl röstete. Wenn schönes Wetter war, stellten sie draußen Campingtische und -stühle auf, die sie im Sommer zum Strandhäuschen am Poetto mitnahmen.

Großmutter hat die Via Manno von Anfang an geliebt, also schon in dem Moment, als Großvater ihr den Bombenkrater und die Trümmerhaufen zeigte. Die Terrasse verwandelte sich bald in einen Garten. Ich erinnere mich an die amerikanischen Weinstöcke und den Efeu, die sich an der Mauer emporrankten, an die Geranien, die nach Farben zusammengestellt waren – violette, rosarote und rote. Im Frühling blühten der gelbe Ginster und die Fresien, im Sommer die Dahlien, der betörend duftende Jasmin und die Bougainvilleen, und im Winter brachte die Feuerdornhecke so viele rote Beeren hervor, dass wir mit den Zweigen das Haus weihnachtlich dekorierten.
Wenn der Mistral wehte, banden wir uns ein Kopftuch um und rannten hinaus, um die Blumentöpfe an die Mauer zu rücken und sie mit einer Zellophanplane zu bedecken; die besonders empfindlichen Pflanzen trugen wir ins Haus, bis der Wind sich legte, der sonst alles hinweggefegt hätte.

# 15

Bisweilen habe ich mich gefragt, ob der Reduce Großmutter überhaupt liebte. Er wusste, wo sie wohnte, hatte
ihr aber nicht seine Adresse gegeben und noch nicht einmal eine Ansichtskarte geschickt, die er ja mit einem anderen Namen hätte unterschreiben können, einem Frauen-
namen etwa; Großmutter hätte seine Handschrift bestimmt erkannt, denn sie bewahrte seine Gedichte auf.
Nein, der Reduce wollte sie nicht mehr wiedersehen.
Wahrscheinlich dachte auch er, dass sie verrückt sei, hatte

womöglich Angst, sie eines Tages auf der kleinen Treppe vor seiner Wohnung vorzufinden, oder im Innenhof, wo sie seit Stunden auf ihn wartete, im Regen, im Nebel oder schweißbedeckt, sofern es in einem jener schwülen Sommer wäre, in denen kein Lüftchen die drückende Hitze in Mailand rührte.

Oder es war ganz anders. Vielleicht war es auch bei ihm Liebe, doch er wollte nicht, dass sie die Dummheit beging, seinetwegen alles andere auf der Welt aufzugeben. Weshalb sich also melden und womöglich alles zerstören? Vor sie hintreten und sagen: »Hier bin ich – das Leben, das du hättest haben können, aber nicht hattest.«? Und sie ans Kreuz nageln, die arme Frau? Als hätte sie nicht schon genug gelitten, oben auf dem Getreidespeicher, wo man sie einsperrte und sie sich die Haare abschnitt und mit dem Messer die Arme verletzte, oder unten im Brunnen, oder als sie an jenen berüchtigten Mittwochen in der *lolla*, dem Laubengang, endlos die Tür anstarrte.

Und um ein solches Opfer zu bringen – auf sie zu verzichten, um ihr nicht noch mehr Leid zuzufügen –, musste man sie wohl wirklich lieben.

# 16

Immer wieder habe ich mich gefragt – ohne freilich mit jemandem darüber zu reden –, ob nicht der Reduce Papas leiblicher Vater war. Als wir im letzten Jahr des Gymnasiums den Zweiten Weltkrieg durchnahmen und der Lehrer fragte, ob einer unserer Großväter im Krieg gewesen sei, lag mir als Antwort ein »Ja« auf der Zunge.

Mein Großvater war Leutnant zur See auf dem schweren Kreuzer *Trieste* in der III. Flottendivision der Regia Marina. Im März 1941 durchlebte er die Hölle von Kap Matapan und erlitt Schiffbruch, als die *Trieste* von britischen Flugzeugbombern auf der Reede vor Palau versenkt wurde – übrigens das einzige Mal, dass Großvater auf Sardinien war, sodass er unser Meer nur als einen Ozean rot gefärbter Wellen kennenlernte. Nach dem Waffenstillstand der Alliierten mit Italien geriet er an Bord des leichten Kreuzers *Jean de Vienne* in deutsche Kriegsgefangenschaft und wurde in das Konzentrationslager Hinzert in Frankreich deportiert. Dort war er bis zum Winter 1944 inhaftiert, als die Deutschen in hohem Schnee und bei beißender Kälte den Rückzug nach Osten antraten. Wer dabei nicht mithielt, wurde erschossen oder bekam mit dem Gewehrkolben den Schädel eingeschlagen. Doch zum Glück wurden die Kriegsgefangenen rechtzeitig von den Alliierten befreit, und ein amerikanischer Arzt amputierte Großvaters Bein, das ihn sonst das Leben gekostet hätte.

Trotz des Holzbeins war er ein schöner Mann, wie Großmutter sagte, ein Mann, den sie in den ersten Tagen im Thermalbad heimlich betrachtete, während er las, den zarten Jungenhals über das Buch gebeugt, mit jenen tiefgründigen Augen, jenem Lächeln, jenen starken Armen mit den hochgekrempelten Ärmeln und jenen großen, schmalen Kinderhänden, den Händen eines Pianisten – mit all jenem, was lebenslange Sehnsucht bereitet. Und die Sehnsucht ist eine traurige Sache, aber ein wenig Freude ist auch dabei.

# 17

Mit den Jahren wurde Großmutter wieder von dem Nierenleiden heimgesucht, und alle zwei Tage fuhr ich in die Via Manno, um sie zu ihrer Dialyse zu bringen. Weil sie mir keine Umstände machen wollte, stand sie stets unten an der Straße, neben sich die Tasche mit dem Nachthemd und den Pantoffeln und einem Schal, denn nach der Dialyse war ihr immer kalt, auch im Sommer. Noch immer hatte sie dichtes schwarzes Haar, ein Strahlen in den Augen und gesunde, vollzählige Zähne, aber Arme und Beine waren wegen all der Infusionen mit Einstichen übersät, ihre Haut war gelblich geworden, und sie war so mager, dass man neben ihr im Auto den Eindruck hatte, die Handtasche auf ihrem Schoß könnte sie erdrücken.

Eines Tages wartete sie nicht an der Straße. Ich nahm an, dass sie sich vielleicht nicht gut genug fühlte, um allein die Treppe zu nehmen. Also lief ich zur Haustür und klingelte, damit wir nicht zu spät zur Dialyse kamen, bei der es einen strikten Behandlungszeitplan gab. Als sich nichts tat, bekam ich Angst, dass sie vielleicht ohnmächtig geworden sei, und sperrte mit meinem Schlüssel die Tür auf. Scheinbar friedlich schlafend lag sie auf dem Bett, fertig angezogen, die Tasche neben sich auf dem Stuhl. Als ich versuchte, sie zu wecken, kam abermals keine Antwort. Mein Herz verkrampfte sich. Eine ungekannte Verzweiflung befiel mich, als mir klar wurde, dass meine Großmutter gestorben war.

Ich weiß nur noch, dass ich mich an den Telefonhörer klammerte und jemanden anrufen wollte, der sie wieder zum Leben erweckte, und es brauchte einige Zeit, bis ich begriff, dass kein Arzt das vermochte.

Erst nach Großmutters Tod erfuhr ich, dass sie vor dem Krieg in ein Irrenhaus gebracht werden sollte. Meine Urgroßeltern waren mit dem Omnibus nach Cagliari gefahren, und die Anstalt auf dem Monte Claro machte einen guten Eindruck auf sie, ein Ort, dem sie ihre Tochter gern anvertraut hätten.

Papa wusste nichts davon. Meine Großtanten erzählten es nicht ihm, sondern Mama, bevor sie meinen Vater heiratete. Sie luden sie heimlich in ihr Dorf ein, damit sie erfuhr, welches Blut in den Adern des Mannes floss, von dem sie

Kinder haben wollte. Sie nahmen diese Unannehmlichkeit auf sich, weil ihr Schwager nicht den Anstand besitze, seiner zukünftigen Schwiegertochter die Augen zu öffnen, auch wenn er Großmutter bereits in jenem Mai, da er als Ausgebombter in ihr Dorf kam, »in all ihren Farben«, wie man auf Sardisch sagt, kennengelernt habe. Sie wollten ihn nicht schlechtmachen, er sei ein großartiger Mann, und obwohl er Kommunist, Atheist und Revolutionär sei, sei er für ihre Familie die Hand Gottes gewesen, denn er habe sich geopfert und Großmutter geheiratet, die nicht nur ihr Steinleiden gehabt habe, das war das kleinere Übel, sondern auch im Kopf nicht ganz richtig gewesen sei, das weitaus größere Übel. Als Großmutter, die Älteste, aus dem Haus war, seien endlich auch Verehrer zu ihnen gekommen, den armen, vernachlässigten Schwestern, endlich habe auch für sie das normale Leben begonnen, ohne Großmutter, die oft oben im Getreidespeicher eingesperrt worden sei und sich die Haare abgeschnitten habe, so als hätte sie die Krätze.

Mama würde sicherlich verstehen, dass sie dem Jungen nichts erzählt hätten, denn gegen das Blut, das in seinen Adern floss, könne er ja nichts machen, aber sie, ein gesundes Mädchen, solle schon wissen, woran sie sei. So saß meine Mutter also auf der Bank, vor sich ein goldverziertes Tässchen mit Kaffee und einen Teller mit sardischem Gebäck, und hörte sich die Erzählungen ihrer zukünftigen Tanten an.

Das Irrenhaus war den Urgroßeltern als ein guter Ort für ihre Tochter erschienen, es war umgeben von einem großen, dichten Wald, in dem Strandkiefern, Paradiesbäume,

Zypressen, Oleander, Ginster und Johannisbrotbäume wuchsen und der von zahlreichen Wegen durchzogen wurde, auf denen Großmutter hätte spazieren gehen können. Außerdem handelte es sich nicht um ein einzelnes düsteres Gebäude, das ihr womöglich Angst eingejagt hätte, sondern um eine Reihe von Villen, die Anfang des 20. Jahrhunderts erbaut worden waren, allesamt gepflegt und von einem Garten umgeben. Ihre Tochter hätte man der Abteilung der »Ruhigen« zugeordnet; sie wäre in einer zweistöckigen Villa mit einem eleganten Glasvorbau als Eingang, einem Aufenthaltsraum, zwei Speise- und acht Schlafsälen untergebracht worden. Wenn man von den eingemauerten Treppen absah, hätte niemand geahnt, dass dort Geisteskranke wohnten.

Da Großmutter tatsächlich eine »ruhige Person« war, hätte sie vielleicht sogar Zutritt zu der kleinen Villa gehabt, in der sich die Anstaltsleitung sowie eine Bibliothek und ein Lesesaal befanden; dort hätte sie – natürlich unter Aufsicht – nach Belieben schreiben und Romane und Gedichte lesen können. Mit jenen, die »mittelschwere« oder »besonders erregte Nervenzustände« hatten, wäre sie nie in Kontakt gekommen, und so schreckliche Dinge, wie in eine Isolierzelle gesperrt oder ans Bett gefesselt zu werden, hätte sie auch nicht erlebt. Im Grunde genommen würde sie es zu Hause schlechter haben, meinten die Urgroßeltern, denn wenn sie wieder mal eine schreckliche Krise durchlitt und sich umbringen wollte, dann brauchte sie schließlich Hilfe. Und was konnten sie schon tun, außer Großmutter im Getreidespeicher einzusperren, wo sie das Fenster vergittert hatten, oder sie mit Stofffetzen ans Bett zu binden? In den Villen hingegen gab es keine vergitterten Fenster, nur solche, wie sie ein gewisser Doktor Frank für die Münsterlinger Irrenanstalt erfunden hatte, Fenster mit einem speziellen Sicherheitsschloss und unsichtbaren Eisenverstrebungen in den Scheiben.

Die Urgroßeltern nahmen aus der psychiatrischen Klinik von Cagliari Informationsmaterial und ein Aufnahmeformular mit, auch wenn ihnen dann die schwierige Aufgabe bevorstand, ihre Tochter davon zu überzeugen, dass sie sich untersuchen ließ. Im Übrigen mussten sie sich die Sache selbst noch durch den Kopf gehen lassen, und außerdem war Italien gerade in den Krieg eingetreten.

Zu Hause behalten konnten sie Großmutter jedenfalls nicht. Auch wenn sie nur sich selbst und ihren persönlichen Dingen Schaden zufügte und keine Gefahr für andere darstellte, zeigten alle im Dorf mit dem Finger auf ihr Haus und sagten: »Dort wohnt die Verrückte.«

Schon als kleines Mädchen hatte Großmutter ihnen Schmach bereitet, damals in der Kirche etwa, als sie einen Jungen erblickte, der ihr gefiel, und sie die ganze Zeit um die Männerbänke herumstrich, um ihn anzulächeln und ihm schöne Augen zu machen, bis er grinsen musste. Sie hatte sich die Haarnadeln herausgezogen, sodass sich der Knoten löste und ihre Haare offen bis zu den Hüften fielen, eine schwarze, funkelnde Wolke, die aussah wie eine verführerische Waffe des Teufels, wie Hexenwerk. Meine Urgroßmutter flüchtete aus der Kirche, indem sie ihre Tochter vor sich herstieß – damals noch ihr einziges Kind –, die rief: »Aber ich liebe ihn, und er liebt mich!« Kaum waren sie zu Hause, schloss Urgroßmutter die Tür und schlug mit allem auf sie ein, was ihr in die Finger kam, dem Bauchriemen für die Pferde, Gürteln, dem Wasserkessel, dem Teppichklopfer, dem Seilwerk für den Brunnen, sodass ihr das Mädchen schließlich, derart zugerichtet, schlaff wie eine Puppe zwischen den Händen hing. Dann rief sie den Priester, damit er Großmutter den Teufel aus dem Leib treibe, aber der Geistliche erteilte ihr den Segen und sagte, dass sie ein gutes Kind und nicht einmal der Schatten eines Teufels an ihr zu erkennen sei.

Diese Geschichte erzählte meine Urgroßmutter bei jeder Gelegenheit, um ihre Tochter zu rechtfertigen, um klarzustellen, dass sie zwar verrückt, aber dennoch ein guter Mensch war und dass in ihrem Haus keinerlei Gefahr bestand. Trotzdem ließ sie ihr zur Sicherheit noch ein wenig Exorzismus angedeihen, bis Großvater sie heiratete.

Die Großtanten bezeichneten die Krankheit ihrer Schwester als eine Art Liebestollheit. Es musste nur ein ansehnlicher Mann die Schwelle des Hauses betreten und sie anlächeln oder auch bloß anschauen – da sie wahrlich schön war, passierte das des Öfteren –, schon hielt sie ihn für einen Verehrer. Also wartete sie darauf, dass er sie besuchen kam und ihr eine Liebeserklärung oder gar einen Heiratsantrag machte, und schrieb unentwegt in ihr unseliges Notizheft, nach dem sie so lange gesucht hatten, um es einem Arzt im Irrenhaus zu zeigen, aber es war und blieb unauffindbar.

Ab einem gewissen Zeitpunkt war klar, dass niemand mehr um ihre Hand anhalten würde, während sie auf der Bank im Laubengang wartete und die Tür anstarrte, wunderschön in ihrem besten Kleid und mit ihren Ohrringen – o ja, schön war sie –, und immer lächelte, so als verstünde sie nichts, als wäre sie geradewegs von ihrem Dorf im

Mond gekommen und hier gelandet. Dann entdeckte ihre Mutter, dass sie den Männern, auf die sie wartete, Briefe und Liebesgedichte schrieb. Als ihre Schwester endlich einsah, dass die Bewerber nicht kommen würden, begann sie mit ihrem Theater, warf sich auf den Boden, wollte sich selbst und alles zerstören, was sie je gemacht hatte, und da mussten sie sie mit Stofffetzen ans Bett binden.

In Wirklichkeit hatte Großmutter keine Verehrer gehabt, meinten die Großtanten, denn nie im Leben hätte einer aus dem Dorf um ihre Hand angehalten, und deshalb blieb ihnen nichts anderes übrig, als zu Gott zu beten, dass trotz der Schande, eine Verrückte in der Familie zu haben, wenigstens jemand die Schwestern wollte.

In jenem Mai 1943 kam dann ihr Schwager, ausgebombt und noch um die Ehefrau trauernd, ins Dorf und erblickte sie in »all ihren Farben«, und es bedurfte keiner Erklärung, denn für Großmutter war der Frühling stets die schlimmste Jahreszeit. In den anderen Monaten war sie ruhiger, säte zufrieden Blumensamen in die Beete, arbeitete auf dem Feld, backte Brot und widmete sich ihrer Kreuzsticharbeit, säuberte mit der Bürste den Cotta-Boden der *lolla*, fütterte liebevoll die Hühner und Kaninchen und fertigte so schöne Wanddekorationen an – kunstvolle Bordüren, die sich auf halber Höhe die Wände entlangzogen –, dass auch andere aus dem Dorf sie baten, ihre Mauern für den Frühling zu schmücken. Weil meine Urgroßmutter so zufrieden war, wenn ihre Tochter Arbeit hatte, wollte sie nie, dass man sie dafür bezahlte, doch das fanden meine Großtanten nicht in Ordnung.

In den ersten Tagen nach seiner Evakuierung erzählte Großvater beim Abendessen, vor ihm der Teller mit

Minestrone, von seinem Haus in der Via Manno in Cagliari, von den Bomben und dem Tod seiner Angehörigen, die sich an jenem 13. Mai, seinem Geburtstag, alle bei ihm versammelt hatten. Seine Frau hatte ihm eine Geburtstagstorte versprochen. Als auf seinem Nachhauseweg der Bombenalarm losging, nahm er an, dass die Familie in den Luftschutzkeller geflüchtet sei, der sich in den Grotten des Stadtparks befand, doch dort traf er niemanden von den Seinen an.

In jener Nacht stand Großmutter aus dem Bett auf und zerriss ihre Stickarbeit, zerstörte ihre Wandbordüren, indem sie sie mit schrecklichen Ungeheuern übermalte, und rieb sich schließlich mit dornigen Rosen über Gesicht und Körper. Am Tag darauf versuchte der zukünftige Schwager meiner Großtanten, mit Großmutter zu sprechen, doch sie hatte sich im Stall eingesperrt. Also stellte er sich vor die verschlossene Holztür im Hof und sagte, dass das Leben nun mal so sei – es gebe schreckliche Dinge, aber auch wunderschöne, wie etwa ihre Wandbemalungen und Stickereien. Warum habe sie sie denn zerstört?

Großmutter gab ihm aus dem Stalldunst eine seltsame Antwort: »Meine Sachen mögen Euch schön vorkommen, aber das sind sie nicht. Im Gegenteil, sie sind hässlich. *Ich hätte sterben müssen, nicht Eure Frau.* Eure Frau besaß die Hauptsache im Leben, die allem Schönheit verleiht. Ich habe sie nicht. Ich bin hässlich. Deshalb gehöre ich auf den Kehricht. Ich bin diejenige, die hätte sterben müssen.«

»Und was, verehrtes Fräulein, ist Eurer Meinung nach die Hauptsache?«, wollte Großvater wissen.

Doch aus dem Stall kam keine Antwort mehr. Und auch später, als sie während der ersten Monate der Schwangerschaften ihre Kinder verlor, sagte Großmutter immer, dass sie ohnehin keine gute Mutter abgeben würde, weil ihr die Hauptsache im Leben fehle, und dass ihre Kinder nicht geboren würden, weil auch ihnen die Hauptsache fehle. Deshalb verschloss sie sich stets wieder in ihre Welt auf dem Mond.

Nachdem sie mit ihren Erzählungen geendet hatten, begleiteten die Großtanten Mama zur Bushaltestelle. Sie drückten ihr ein Päckchen mit Gebäck, Wurst und *civràxiu*, sardischem Brot, in die Hand, strichen ihr über die glatten hüftlangen Haare, die man damals so trug, und fragten sie, während sie auf den Bus warteten, was sie in ihrem Leben machen wolle.

»Flöte spielen«, antwortete Mama.

Sicher, aber sie wollten wissen, welche Arbeit sie machen wolle, welche richtige Arbeit.

»Flöte spielen«, sagte meine Mutter abermals.

Da sahen sich meine Großtanten an, und es war unschwer zu erraten, was sie dachten.

# 18

Diese Geschichten hat mir Mama erzählt, nachdem Großmutter gestorben war. All die Jahre über hatte sie diese
Dinge für sich behalten und kein bisschen Angst gehabt,
mich von ihrer Schwiegermutter großziehen zu lassen, die
sie sehr liebte. Mama ist davon überzeugt, dass wir
Großmutter dankbar sein müssen, weil sie die Verwirrung
von uns genommen hat, die ansonsten möglicherweise
Papa oder mich befallen hätte.

Laut Mama muss in einer Familie zwangsläufig jemand
die Unordnung auf sich nehmen, denn so ist das Leben
nun mal, ein Hin- und Herpendeln zwischen Ordnung

und Unordnung, ansonsten würde die Welt erstarren und stehen bleiben. Wenn wir nachts ohne Albträume schlafen, wenn die Ehe zwischen Papa und Mama ohne Verwerfungen ist, wenn ich meine erste Liebe heirate, wenn keiner von uns Panikattacken hat und niemand versucht, sich das Leben zu nehmen oder sich in einen großen Müllcontainer zu stürzen oder sich zu verunstalten, dann haben wir das einzig und allein Großmutter zu verdanken, die dafür einen hohen Preis bezahlt hat. In jeder Familie gibt es jemanden, der einen Tribut leisten muss, damit das Gleichgewicht zwischen Ordnung und Unordnung gewahrt bleibt und die Welt nicht aufhört, sich zu drehen.

Signora Lia, meine Großmutter mütterlicherseits, war, so betrachtet, nicht böse. Sie hatte einfach mit aller Kraft versucht, Ordnung in ihr Leben zu bringen, allerdings ohne Erfolg, stattdessen hatte sie nur Schaden angerichtet. Denn sie war gar nicht Witwe, wie sie behauptete, und Mama trug nicht deshalb den Nachnamen ihrer Mutter, weil ihr Vater ein Cousin von Signora Lia war. Sie war auch nicht deshalb von Gavoi weggegangen, weil es ein hässliches Dorf gewesen wäre und sie sich nach dem Meer gesehnt hätte. Mama wusste von frühester Kindheit an über alles Bescheid. Doch den Leuten gegenüber beharrte Signora Lia auf ihrer Version mit dem Cousin, wenn sie erklären musste, warum ihre Tochter den Nachnamen der Mutter trug. Jedes Mal, wenn sie die Ausweise vorzeigen musste, hatte sie eine Heidenangst, dass die Sprache auf denselben Nachnamen käme, deshalb musste man diese Situationen auf das Nötigste beschränken. Man durfte mit niemandem ein vertrautes Verhältnis eingehen und musste den Lehrern und Ärzten, allen, die die Wahrheit kannten, Geschenke machen, damit sie Stillschweigen bewahrten.

Wann immer jemand von einer ledigen Mutter als Hure sprach, pflichtete Signora Lia ihm bei, und kaum waren sie zu Hause, ging Mama auf ihr Zimmer, um zu weinen. Doch meine Mutter tröstete sich mit ihrem Flötenspiel und später mit meinem Vater, etwas anderes zählte für sie nicht. Kaum war sie mit Papa zusammen, tauschte sie ihre Familie aus, denn die neue war eine richtige Familie, und Großvater wurde für sie der Vater, den sie nie gehabt hatte. Er brachte ihr selbst gepflückten wilden Spinat und Spargel mit, kochte ihr Miesmuscheln, weil sie unter Eisenmangel litt, und wann immer er zur Heilquelle von Dolianova fuhr, um für Großmutter einen Wasservorrat zu holen – ihr altes Nierenleiden hatte sich ja zurückgemeldet –, klapperte er für seine Schwiegertochter sämtliche Bauernhöfe ab. Er wollte sie mit all den guten Sachen versorgen, die in der Stadt nicht erhältlich waren, und kam so immer beladen mit frischen Eiern, Holzofenbrot und ungespritztem Obst zurück. Manchmal begleitete ihn Mama auf diesen Fahrten. Eines Tages war sie ganz entzückt von einem Küken, das weder Mutter noch Geschwister hatte, und ihre Schwiegereltern erlaubten ihr, es mit nach Hause in die Via Manno zu nehmen. So wurde der junge Hahn Niki ebenfalls in die Familie aufgenommen, das einzige Haustier, das Mama je hatte, denn bei Signora Lia wäre so etwas undenkbar gewesen. Wenn Papa nicht da war – und er war so gut wie nie da –, kutschierte Großvater sie überall mit dem Auto hin, und sobald sie sich verspätete oder es schon dunkel war, saß er fertig angezogen im Sessel, falls sie gefahren werden wollte.

Natürlich war Großmutter Lia nicht von Gavoi weggegangen, weil es dort hässlich gewesen wäre oder sie sich mit ihrer Familie zerstritten hätte.

Gavoi ist ein wunderschönes Dorf in den Bergen. Die Häuser sind zwei, drei Stockwerke hoch und häufig aneinandergebaut; einige sehen so aus, als wären sie an einem unsichtbaren Balken zwischen zwei anderen aufgehängt. Unten befinden sich einsehbare schattige Höfe voller Blumen, vor allem Hortensien, die lichtempfindlich sind und Feuchtigkeit brauchen. Von mancher Stelle des Dorfes aus sieht man den Lago di Gusana, der oft am Tag die Farbe wechselt, von Rosa über Grau zu Rot und Lila, und wenn man an einem Tag mit guter Fernsicht auf den Monte Gonari steigt, erblickt man das Meer, den Golf von Orosei. Sie war abgehauen. Mit achtzehn. Schwanger von einem Schafhirten, der früher für ihre Familie gearbeitet hatte, Anfang der Fünfzigerjahre aufs Festland emigriert, jedoch wieder zurückgekommen war, nachdem er von der Agrarreform und dem staatlichen Entwicklungshilfeplan für den Süden gehört hatte. Er hoffte, dass man unter den veränderten Bedingungen auch auf Sardinien gut leben könnte, zusammen mit seiner Frau vom Festland, die auf der Insel jedoch nie heimisch wurde. Er hatte eine kleine Summe Geldes zur Seite gelegt, um sich ein Stückchen Land zu kaufen, auf dem er Schafe hielt, ohne Pacht bezahlen zu müssen.

In dem Jahr, als Signora Lia floh, hatte sie sich am klassischen Gymnasium von Nuoro auf das Abitur vorbereitet, und sie war eine hervorragende Schülerin. In Cagliari fand sie eine Anstellung als Dienstmädchen, und sie brachte Mama, gerade geboren, während der Arbeit zu den Nonnen. Als das Kind etwas größer war, holte Signora Lia das verlorene Schuljahr nach und machte ihr Abitur. Sie lernte nachts, wenn sie von der Arbeit nach Hause kam und Mama schlief. Signora Lia arbeitete nun nicht mehr als Dienstmädchen, sondern als Angestellte in einem Büro und hatte sogar ein Haus gekauft, nicht schön, aber sauber und ordentlich, in dem sie selbst das Regiment führte. Stark wie Eichenholz und hart wie der Granit ihrer Heimatgegend, klagte sie nie über dieses triste Leben, nachdem sie nur einen flüchtigen Moment des Glücks erfahren hatte, wie sie ihrer Tochter unzählige Male erzählte, die von früh an wissen wollte, wo ihr Vater war.

Statt eine Geschichte zu erfinden, vertraute Signora Lia ihr an, wie sie eines Morgens den Bus nach Nuoro verpasst hatte und Mamas Vater, der zu seiner Arbeit aufbrach, sie an der Bushaltestelle erblickte, in Tränen aufgelöst, weil sie eine brave und sehr strebsame Schülerin war. Er war ein besonders schöner Mann, gutwillig, ehrlich und intelligent, aber leider schon verheiratet.
»Guten Morgen, Donna Lia!«
»Guten Morgen!«
Im Morgengrauen fuhren sie durch die wilde, einsame Landschaft und hatten das Gefühl, von einem Wirbelwind aus Leichtsinn erfasst zu werden und dass das Glück möglich war. Von nun an verpasste »Donna Lia« häufig den Bus. Als sie schließlich floh, sagte sie ihm nicht, dass sie schwanger war, denn sie wollte das Leben des Armen nicht zerstören, mit seiner Frau vom Festland, die sich so fremd auf Sardinien fühlte, dass sie nicht einmal Kinder bekam.

Ihrer Familie hinterließ sie einen Brief, in dem sie schrieb, dass sie sich keine Sorgen machen und ihr bitte verzeihen sollten, aber sie müsse einfach woanders leben, an einem Ort, der so weit wie möglich von Gavoi entfernt sei, denn dort und auf Sardinien halte sie es nicht mehr aus. Vielleicht würde sie an die Côte d'Azur reisen oder an die ligurische Riviera, sie wüssten ja, wie oft sie auf den Monte Gonari gestiegen sei, um das Meer zu betrachten.

Anfangs rief sie fast noch täglich an, ohne jedoch zu verraten, wo sie war. Ihre ältere Schwester, die für sie wie eine Mutter war, da diese ihre Geburt nicht überlebt hatte, weinte und sagte, dass ihr Vater sich inzwischen schäme, ins Dorf zu gehen, und dass die Brüder drohten, sie zu suchen und umzubringen, selbst wenn sie dafür bis ans Ende der Welt reisen müssten.

Da rief Signora Lia nicht mehr an. Machte für immer Schluss mit der Liebe und den Träumen. Und als sie nach dem Abitur nicht mehr lernen musste, machte sie auch Schluss mit der Literatur und der ganzen Kunst. Als Mama später Flöte spielen wollte, willigte sie nur unter der Bedingung ein, dass die Musik eine Nebensache bliebe, eine kleine Ablenkung von den wirklich wichtigen Dingen im Leben.

Nach dem Tod von Signora Lia – sie war noch recht jung gewesen, als der Krebs ihre Lymphknoten hart wie Stein und ihr Blut dünn wie Wasser werden ließ, und sie hatte lange nicht mehr das Haus verlassen, weil sie sich für das Kopftuch schämte, mit dem sie den von der Chemotherapie kahlen Schädel bedeckte – setzte es sich Mama in den Kopf, ihren Vater zu suchen. Ihre Mutter hatte sich stets geweigert, ihr seinen Namen zu verraten, aber Mama schmiedete einen Plan, wie sie ihn herausfinden könnte. Papa hielt das für keine gute Idee, er fand, es sei nicht nötig, Ordnung in die Dinge zu bringen, man solle lieber alles im universellen Chaos belassen.

Sie beharrte jedoch starrköpfig wie ein Esel auf ihrem Vorhaben, und so machten sie sich eines Sommermorgens in aller Frühe auf, um die Mittagshitze zu vermeiden, und begannen nach meinem Großvater mütterlicherseits zu suchen. Während der Fahrt redete Mama nur *sciollori*, dummes Zeug, zum Beispiel dass sie sich wie eine Neugeborene fühle, die bereits in den Armen ihres Papas liege. Sie lachte die ganze Zeit und fand Gavoi wunderschön, viel besser als alle Orte, in denen sie je mit Papa gewesen war, Paris, London, Berlin, New York, Rom oder Venedig. Es gab nichts Schöneres als Gavoi.

Sie hatten sich eine Geschichte zurechtgelegt, dass sie für eine wissenschaftliche Arbeit Zeugenaussagen von Leuten sammelten, die die erste Migrationswelle auf Sardinien miterlebt hatten. Mama nahm ein Notizheft und ein Aufnahmegerät mit, hatte sogar Visitenkarten mit falschem Namen drucken lassen. Sie gingen in eine Bar, eine Apotheke und schließlich in einen Tabakladen, wo sie misstrauisch nach dem genauen Grund ihrer Nachforschungen ausgefragt wurden, doch anscheinend wirkten sie so vertrauenswürdig, dass sich die Gemüter schnell wieder beruhigten. Und so bekamen sie auch bereitwillig Auskunft auf ihre Frage, wo sie das Haus des Don fänden, dessen Familie Schafhirten beschäftigt hatte und bis heute die reichste am Ort war – die Familie von Großmutter Lia. In dem großen Gebäude wohnten jetzt ihre ältere Schwester sowie deren Tochter mit Mann und Kindern, und der Platz reichte für alle. Mama setzte sich auf den Treppenabsatz des gegenüberliegenden Hauses und konnte sich an dem Anblick nicht sattsehen. Es war eines der schönsten Häuser im Dorf, ein Granitgebäude mit drei Stockwerken, einem Haupttrakt, der zur Straße hin lag, und zwei Seitenflügeln, die parallel zu zwei etwas ansteigenden kleinen Gassen verliefen. Das Erdgeschoss hatte zwölf geschlossene Fenster und eine massive dunkelgrüne Eingangstür mit einem Türklopfer aus Messing. Im zweiten Stock sah meine Mutter einen Balkon mit einer großen Tür, auch sie geschlossen. Im dritten Stock waren riesige Fenster mit dicken, bestickten Gardinen, die verhinderten, dass man hineinsehen konnte.

Mama starrte das Haus an und konnte sich nicht vorstellen, dass ihre Mutter, die immer arm gewesen war, weil die Hälfte ihres Gehalts für den Darlehenszins draufging, in dieser reichen Umgebung aufgewachsen war. An einem der leicht ansteigenden Seitenflügel befand sich der Dienstboteneingang, und hinter einem Tor erblickte sie einen Garten mit Heckenrosen, Zitronenbäumen, Lorbeer und Efeu sowie roten Geranien an den Fenstern. Auf der Eingangsstufe zum Garten war Kinderspielzeug zu sehen – ein Lastwagen mit einem kippbaren Anhänger und ein Puppenwagen mit einer Puppe. Gebannt betrachtete Mama alles, bis Papa schließlich sagte: »Lass uns hineingehen.«

Meine Großtante war bereits vom Apotheker benachrichtigt worden. Eine Frau, wahrscheinlich eine Hausangestellte, hinter der sich zwei Kinder drängten, öffnete ihnen die Tür und forderte sie auf, ihr die Treppe nach oben zu folgen, wo die Signora sie bereits erwarte. Die Stufen bestanden aus dunklem, geschliffenem Stein, und der Salon, in dem die Tante sie begrüßte, war lichtdurchflutet – sie wohnte in dem Geschoss mit dem Balkon.

»Das sind die Kinder meiner Tochter«, erklärte sie. »Wenn ihre Eltern arbeiten, sind sie bei mir.«

Mama hatte es die Sprache verschlagen. Papa hingegen sagte seinen Spruch auf: Sie seien vom Historischen Institut in Cagliari, und seine Kollegin schreibe eine Doktorarbeit über die erste Migrationswelle auf Sardinien in den Fünfzigerjahren. Es wäre sehr nett, wenn sie ihnen den Namen eines Schafhirten nennen könne, den ihre Familie beschäftigt habe und der in jener Zeit ausgewandert sei, und wenn sie ihnen ein wenig über ihn erzähle.

Meine Großtante war eine schöne, schlanke Frau, die sich auch zu Hause elegant kleidete; sie hatte klare Gesichtszüge, trug ihre weichen braunen Haare im Nacken zusammengefasst und sardische Ohrringe, die ein wenig wie Knöpfe aussahen. Die Hausangestellte – im Schlepptau noch immer die Kinder, die den Besuchern ihre Spielzeugeimer, Schwimmflügel und ein Schlauchboot zeigten und erklärten, dass sie kommende Woche ans Meer führen – brachte ihnen ein Tablett mit Kaffee und sardischem Gebäck, da sie sicherlich noch nicht gefrühstückt hätten.

»So, ihr kleinen Frechdachse«, sagte meine Großtante mit sanftem Lächeln zu ihren Enkeln, »lasst unsere Gäste jetzt in Ruhe. Sie sind hier, um ihre Studien zu betreiben.« Dann wandte sie sich wieder meinen Eltern zu. »Einer unserer Schäfer ging Anfang der Fünfzigerjahre tatsächlich nach Mailand, um dort Arbeit zu suchen, ein tüchtiger Mann, den wir schon als kleinen Jungen beschäftigten. Andere sind erst später ausgewandert, in den Sechzigerjahren. Der Erste kam jedoch ein paar Jahre später wieder zurück und kaufte sich hier ein Stück Land und Schafe.«

»Und wo lebt er jetzt?«, meldete sich zum ersten Mal Mama zu Wort.

»*Addolumeu*, der Arme«, erwiderte meine Großtante. »Er hat sich in einen Brunnen gestürzt. Er hatte eine Frau vom Festland mitgebracht, doch die war hier sehr unglücklich und bekam keine Kinder. Die Unglückselige hat nicht eine Träne um ihn vergossen und ist kurz nach seinem Tod in den Norden zurückgekehrt.«

»Wann war das?«, fragte Papa mit dünner Stimme.

»1954. Ich erinnere mich deshalb so gut, weil in diesem Jahr auch meine Schwester verstarb, Lia, die Jüngste unserer Familie.« Sie deutete auf ein Foto auf der Anrichte, das ein junges, romantisch aussehendes Mädchen neben einer Vase mit frisch gepflückten Blumen zeigte.

»Unsere Dichterin«, fügte sie hinzu.

Dann rezitierte sie ein paar Verse ihrer Schwester:

*Mein Warten erwacht, angstvoll, bei den ersten blauen Federstrichen des Frühlings, nachdem es verschämt im blassen Winterlicht verharrte. Mein Warten versteht dich nicht, noch kann es sich verständlich machen, zwischen dem süßen, ungeduldigen Gelb der frechen Mimosen.*

Ein Liebesgedicht, das in einer Schachtel aufbewahrt worden war, wer weiß, an wen sie dabei gedacht hatte, das arme Kind.

Auf der Rückfahrt nach Cagliari sprach Mama kein Wort. Kurz bevor sie zu Hause waren, fragte Papa: »Glaubst du,

er hat sich wegen deiner Mutter das Leben genommen?
Und glaubst du wirklich, dass sie als junges Mädchen
Gedichte geschrieben hat?«
Mama zuckte mit den Schultern, als wollte sie sagen: »Was
geht mich das an?« oder »Woher soll ich das wissen?«

# *19*

Heute bin ich in die Via Manno gekommen, um sauber zu machen, denn in Kürze, sobald die Renovierungsarbeiten abgeschlossen sind, werde ich heiraten. Ich bin froh, dass die Handwerker die Fassade erneuern, denn sie ist zusehends abgebröckelt. Wir haben die Arbeiten einem Architekten anvertraut, der auch Gedichte schreibt und somit Respekt davor hat, was das Haus einmal war, der das nötige Einfühlungsvermögen mitbringt, sodass es auch nach der Renovierung seine Seele bewahrt.
Es ist nun das dritte Mal, dass es neugeboren wird: Das

erste Gebäude, das im 19. Jahrhundert erbaut wurde, war schmaler, hatte nur zwei schmiedeeiserne Balkone pro Stockwerk und sehr hohe Fenster mit einer dreiteiligen Quersprosse und mit Fensterläden und Gardinen; die Eingangstür hatte einen Rundbogen mit Stuckverzierung, und schon damals war ein Teil des Dachs eine Terrasse; unten von der Via Manno aus sah man nur das Hauptgesims.

Das Haus steht nun schon seit zehn Jahren leer, wir haben es weder verkauft noch vermietet, weil wir es so sehr lieben und weil alle anderen Dinge im Vergleich dazu keine Rolle spielen. Und dennoch kann man nicht sagen, dass es wirklich leer war. Im Gegenteil.

Wenn mein Vater in Cagliari ist, kommt er hierher, um auf seinem alten Klavier zu spielen, dem von Donna Loretta und Donna Fanni. Das tat er auch schon, als Großmutter noch lebte, denn da meine Eltern beide Musiker sind – Mama muss ja auch Flöte spielen –, waren sie zu Hause immer gezwungen, ihre jeweiligen Übungszeiten abzustimmen. Also schnappte sich Papa lieber seine Noten und kam in die Via Manno, wo Großmutter ihm seine Lieblingsgerichte kochte, doch wenn es dann Zeit zum Essen war und wir an seine Tür klopften, hieß es immer: »Danke, später, später. Fangt ruhig schon an!« Ich erinnere mich aber nicht daran, dass er jemals später zum Essen erschienen wäre. Er kam nur aus seinem Zimmer, um auf die Toilette zu gehen, und wenn das Bad besetzt war, weil beispielsweise ich mich gerade dort aufhielt – die ich in allem ein wenig langsam bin, besonders im Bad –, dann wurde er wütend, er, der sonst immer so ruhig und besonnen ist.

Er sei in die Via Manno gekommen, um Klavier zu spielen, sagte er, doch nun müsse er seine Zeit mit Warten vertun. Erst wenn sich der Hunger mit Gewalt zu Wort meldete, begab sich Papa in die Küche, wo Großmutter ihm stets einen zugedeckten Teller in einem Topf mit Wasser auf den Herd gestellt hatte, sodass er sein Essen im Wasserbad aufwärmen konnte. Mit den Fingern auf den Tisch klopfend, nahm er die Mahlzeit zu sich, und wenn einer von uns die Küche betrat und ihn etwas fragte, antwortete er einsilbig, um uns zu bedeuten, dass er allein gelassen zu werden wünschte.

Das Schöne war, dass Großmutter und ich immer das Gefühl hatten, einem Konzert beizuwohnen, wenn Papa übte; tatsächlich ist es ja nur wenigen Menschen vergönnt, zu essen, zu schlafen, ins Bad zu gehen, die Hausaufgaben zu machen oder mit ausgeschaltetem Ton fernzusehen, während ein großartiger Pianist im Hintergrund Debussy, Ravel, Mozart, Beethoven, Bach und andere Komponisten spielt. Und obwohl Großmutter und ich es gemütlicher hatten, wenn Papa nicht zum Üben in die Via Manno kam, genoss ich es als Kind, zu Ehren seiner Anwesenheit etwas Kleines zu schreiben, einen Aufsatz, ein Gedicht, eine Erzählung.

Auch aus einem anderen Grund hat dieses Haus nie wirklich leer gestanden, denn ich treffe mich hier mit meinem Verlobten. Ich glaube, dass das Gemäuer noch immer Großmutters Energie birgt und dass unsere Gefühle füreinander, wenn wir uns an diesem magischen Ort lieben, im Hintergrund die Hafengeräusche und das Möwengeschrei, bis in alle Ewigkeit dauern werden. Vielleicht muss man sich in der Liebe einfach der Magie anvertrauen, damit alles gut geht, statt nur danach zu trachten, eine bestimmte Regel zu befolgen, etwa das Sakrament der Ehe.

Statt sauber zu machen, wie ich eigentlich vorhatte, oder die Zeitung mit den neuesten Nachrichten über die Lage im Irak zu lesen – man weiß bei den Amerikanern nie, ob sie das Land befreien oder erobern wollen –, habe ich heute wieder einmal in mein Notizheft geschrieben, das ich immer bei mir trage: über Großmutter, den Reduce, seinen Vater, seine Frau, seine Tochter, über Großvater, meine Eltern, die Nachbarn in der Via Sulis, meine Großtanten, über Signora Lia, die Damen Loretta und Fanni, die Musik, Cagliari, Genua, Mailand, Gavoi.

Nun, da ich in Kürze heiraten werde, hat sich die Terrasse wieder in einen Garten verwandelt, wie zu Großmutters Zeiten. An der Mauer ranken sich der Efeu und die amerikanischen Weinstöcke empor, und es gibt wieder Geranien, nach roten, violetten und rosafarbenen Blüten gruppiert, gelben Ginster, Geißblatt und Fresien, Dahlien und betörend duftenden Jasmin.
Die Handwerker haben den Giebel abgedichtet, sodass im Dachgeschoss nicht länger die Gefahr besteht, dass einem Mörtelbrocken auf den Kopf fallen. Sie haben auch die Wände geweißelt, wobei sie natürlich darauf geachtet haben, Großmutters Bordüren nicht zu übermalen.

Und so habe ich das berühmte schwarze Notizheft mit dem roten Rand gefunden und darin einen vergilbten Brief des Reduce. Das heißt, nicht ich habe es gefunden. Ein Handwerker hat es mir gegeben. Ein Teil der Wanddekoration im Wohnzimmer war beschädigt, der Verputz abgebröckelt. »Wir müssen wohl in den sauren Apfel beißen«, sagte ich mir, »und die Wand neu verputzen lassen, und vor die beschädigte Stelle rücken wir ein Möbelstück.« Wie sich zeigte, hatte Großmutter hier ein Loch in den Verputz gegraben, darin das Heft versteckt, es mit Mörtel bedeckt und neu übermalt, aber ihre Arbeit war nicht ganz fachmännisch gewesen. Mit der Zeit blätterte die Farbe ihrer Wandbordüren ab, und das Loch darunter kam zum Vorschein.

# 20

»Sehr verehrte Freundin«, heißt es in dem Brief des
Reduce, »ich fühle mich geschmeichelt, wenngleich ich
auch ein wenig verlegen bin, wegen all dessen, was Sie
sich über mich ausgedacht und geschrieben haben. Sie bitten mich, Ihre Erzählung hinsichtlich der literarischen
Qualität zu beurteilen und Ihnen die Liebesszenen zu verzeihen, die Sie erfunden haben, Ihnen aber vor allem nach-
zusehen, dass Sie sich einiger Tatsachen aus meinem
Leben bedienen. Sie sagen, Sie hätten das Gefühl, mir etwas gestohlen zu haben. Nein, meine liebe Freundin,

wenn man so über jemanden schreibt, wie Sie es getan haben, dann ist es ein Geschenk. Was mich betrifft, so brauchen Sie sich keinerlei Sorgen zu machen: Die Liebe, die Sie zwischen uns erfunden haben, hat mich zutiefst berührt, und während ich die Szenen las, habe ich fast bedauert – entschuldigen Sie bitte meine Anzüglichkeit –, dass es jene Liebe nicht in Wirklichkeit gegeben hat.

Aber wir haben im Kurhotel so viel miteinander geredet. Wir haben uns Gesellschaft geleistet, haben sogar miteinander gelacht, obwohl wir traurig waren, nicht wahr? Sie wegen all der Kinder, die nicht zur Welt kommen wollten, ich wegen meines Krieges, der Krücke, meinen Verdächtigungen. Wir beide wegen der vielen Steine in unserem Bauch. Sie sagen, Sie seien wieder schwanger geworden, kaum dass Sie von der Thermalkur zurückkehrten, und dass Sie guter Hoffnung sind. Ich wünsche Ihnen von ganzem Herzen, dass es diesmal zur Welt kommen wird, Ihr Kind. Ich bilde mir ein, dass ich Ihnen ein wenig dabei geholfen habe, all die Steine loszuwerden, dass unsere Freundschaft in gewisser Weise dazu beigetragen hat, Ihnen die Gesundheit zurückzugeben, und Sie nun vielleicht in der Lage sind, Kinder zu bekommen.

Auch Sie waren mir eine große Hilfe. Die Beziehung zu meiner Frau und dem Mädchen hat sich gebessert, und ich lerne allmählich zu vergessen. Aber das ist nicht alles. Ich stelle mir vor, wie Sie lachen, wenn Sie lesen, was ich Ihnen jetzt schreibe: Ich bin nicht mehr so nachlässig wie vor Monaten im Thermalbad. Schluss mit den Sandalen und den Wollstrümpfen, Schluss mit den zerknitterten Trikothemden und Hosen. Sie haben mir dieses schöne, weiße, gestärkte Hemd angedichtet und Schuhe, die stets glänzen, und so gefalle ich mir sehr. Es gab einmal eine Zeit, da war ich tatsächlich so. Wehe demjenigen, der bei der Marine nicht von Kopf bis Fuß perfekt gekleidet ist ... Aber um auf Ihre Erzählung zurückzukommen: Hören Sie niemals auf, sich Ihrer wunderbaren Vorstellungskraft zu bedienen. Sie sind nicht verrückt. Glauben Sie nie mehr jemandem, der so etwas Ungerechtes und Bösartiges behauptet. Schreiben Sie weiter!«